Shenqi De Silu Minjian G

神奇的丝路民间故事

柬埔寨
民间故事

JIANPUZHAI MINJIAN GUSHI

丛书主编　姜永仁

本册主编　邓淑碧

时代出版传媒股份有限公司
安徽文艺出版社

图书在版编目（ＣＩＰ）数据

柬埔寨民间故事/邓淑碧本册主编. —合肥：安徽文艺出版社,2018. 1
(2020.6重印)
（神奇的丝路民间故事/姜永仁主编）
ISBN 978-7-5396-6097-4

Ⅰ. ①柬… Ⅱ. ①邓… Ⅲ. ①民间故事－作品集－柬埔寨
Ⅳ. ①I335.73

中国版本图书馆 CIP 数据核字(2017)第 120381 号

出 版 人：朱寒冬　　　　　出版统筹：周　康　　李　芳
责任编辑：张　磊　　　　　装帧设计：徐　睿
···
出版发行：时代出版传媒股份有限公司　www.press-mart.com
　　　　　安徽文艺出版社　　www.awpub.com
地　　址：合肥市翡翠路 1118 号　　邮政编码：230071
营 销 部：(0551)63533889
印　　制：济南市莱芜凤城印务有限公司
···
开本：880×1230　1/32　印张：7.75　字数：164 千字
版次：2018 年 1 月第 1 版　2020 年 6 月第 2 次印刷
定价：28.00 元
···
（如发现印装质量问题，影响阅读，请与出版社联系调换）

总　序

青少年朋友们,大家好!

安徽文艺出版社为了配合"一带一路"倡议的实施,决定出版一套《神奇的丝路民间故事》丛书,并邀请我担任这套丛书的主编,这使我激动不已。一方面是因为我年逾古稀还有机会为"一带一路"倡议的实施贡献出自己的一份力量,另一方面是因为我能为祖国的未来——青少年朋友的成长做一件有益的事情。为此,我毅然决定接受邀请,出任该套丛书的主编。

2013 年,习近平主席在访问哈萨克斯坦和印度尼西亚期间,先后提出共同建设"丝绸之路经济带"和"21 世纪海上丝绸之路"的倡议。这一倡议是希望通过政策沟通、设施联通、贸易畅通、资金融通、民心相通,使沿线国家乃至世界各国能够共享我国改革开放经济发展的成果,是一项共商、共建、共享的战略设计。截至目前,已经有100 多个国家和国际组织参加到"一带一路"建设中来,纷纷将本国的发展计划与"一带一路"建设计划对接。

安徽文艺出版社策划出版的《神奇的丝路民间故事》丛书正是在这种形势下应运而生。它的问世是落实"一带一路"倡议的需求，是我国与"一带一路"沿线国家人民实现民心相通的需求。它的出版，必将有助于我国与"一带一路"沿线国家人民加深了解、增强互信。

《神奇的丝路民间故事》丛书包括丝路沿线的俄罗斯、匈牙利、印度尼西亚、泰国、缅甸、越南、柬埔寨、老挝、菲律宾、马来西亚、伊朗、巴基斯坦等国家的民间故事。这些国家的民间故事情节动人，形象逼真，寓意深刻，有益于青少年的成长。

青少年是国家的未来，是祖国的希望，是建设国家的栋梁，肩负着实现中国梦的重任，任重而道远，只有多读书，读好书，增加知识，增长才干，才能不负众望，才能不辱使命，为实现中华民族伟大复兴的中国梦而贡献力量。

安徽文艺出版社编辑出版的《神奇的丝路民间故事》丛书恰逢其时，值得青少年朋友一读。

姜永仁

于北京大学博雅德园寓所

2017 年 10 月

前　言

　　柬埔寨,全称柬埔寨王国。因其主要民族为高棉人,所以又称为高棉。我国古籍中称其为吉蔑。柬埔寨位于中南半岛南部,与越南、老挝、泰国接壤,西南临暹罗湾,面积18.1万平方千米,人口1500万,首都金边。柬埔寨是东盟成员国,又是我国的友好近邻,与中国有着亲密的传统友谊。

　　中柬两国的交往始于公元1世纪末。公元3世纪,中国使节康泰首次出访当时称为扶南的柬埔寨,写了《吴时外国传》,这是我国乃至世界文化宝库中最早介绍柬埔寨的一本名著;元朝时期,中国浙江温州人周达观访问当时称为真腊的柬埔寨,写了《真腊风土记》,这是世界上唯一全面反映吴哥王朝昌盛时代的一本书,是研究柬埔寨古代史不可缺少的著作。在漫长的两国关系中,没有发生任何战争,是一部和平友好的交往史。

　　柬埔寨是个历史悠久、文化古老的国家,勤劳智慧的柬埔寨人民创造了丰富多彩的民族文化,其中最灿烂的是吴哥文化。保留至今的吴哥古迹不仅是柬埔寨人民的骄傲,而且也是世界文明宝库中的珍贵遗产。

民间故事是柬埔寨人民喜闻乐见的一种文学形式,它们大多语言通俗,生动有趣,寓意深刻,可读性强,具有鲜明的民族特色,千百年来流传在柬埔寨民间,深受广大民众的喜爱。

本书所译出的柬埔寨民间故事是从柬埔寨国内出版的大量民间故事中挑选出来的精品佳作。从内容上看,这些民间故事大致可分为神话传说故事、生活习俗故事和动物寓言故事三大类。

柬埔寨民间故事有以下几个显著的特点:

一、生动地反映了柬埔寨民族的悠久历史和灿烂文化。

吴哥古迹和中国的长城、埃及的金字塔、印尼的婆罗浮屠并称为"东方四大奇迹"。柬埔寨民间故事把吴哥建筑技艺的高超精巧形容为不像人工做成的,而是神仙创造出来的。

二、深刻地体现了因果报应的佛教思想。

柬埔寨绝大多数人信奉佛教,佛教一直是柬埔寨的国教。佛教教义劝导人们行善积德,以保佑人们生活平安、诸事顺意。人们确信善有善报、恶有恶报。这种因果报应的佛教思想在柬埔寨民间故事中得到广泛而充分的体现。

三、全面地反映了柬埔寨的社会风貌和人民的思想情感。

大量的柬埔寨民间故事是柬埔寨社会生活的一面镜子,多角度地反映出柬埔寨的社会实际、风土人情和人们的思想内涵。其中有许多故事蕴含着道德准则，富有哲理和教育意义。关于动物寓言故事，更是精彩纷呈，故事都用拟人化的艺术手法，生动有趣。

柬埔寨民间故事以它特有的形式和魅力，向人们展现出一幅色彩绚丽的柬埔寨社会风情画卷，为人们广泛深入了解研究柬埔寨的社会、历史、民族、宗教、风俗等方面提供了不可多得的珍贵资料。同时，也对促进中柬两国人民的文化交流，推动中国"一带一路"倡议的实施，加强两国的传统友谊，进一步提升中柬全面战略合作伙伴关系，造福两国人民，有着积极的意义。

邓淑碧

目　录

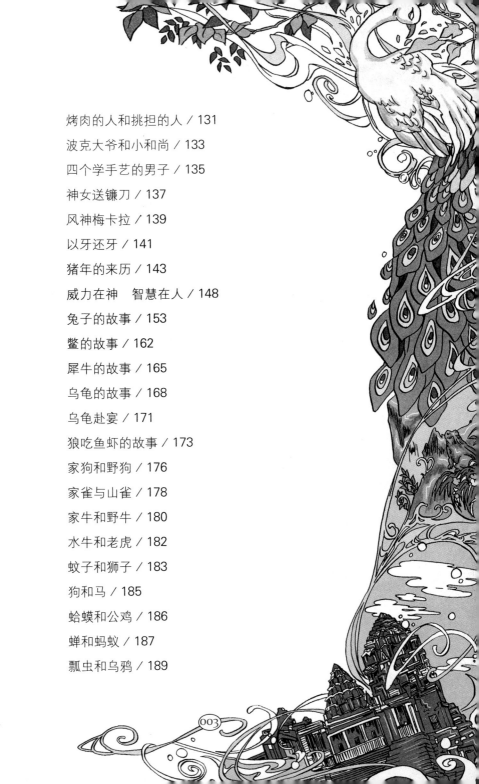

"金边"的由来

　　柬埔寨首都金边的来历,有一个古老的传说。1372 年,在现今金边四面河的岸边,住着一个姓奔的老妇人,她的家坐落在一个小山丘上。一天,下起了暴雨,河水猛涨。奔老太太去河边提水,见一棵基枝树随水漂浮过来,在她面前停住,然后在水中不停地打转。奔老太太看得出了神,心想其中必有缘故,便跑回去招呼邻里乡亲来到河岸,用绳子将大树套住,拖上岸来。此时,众人发现树洞里有四尊青铜制成的小佛像和一尊石神像。人们都为得到这些受人崇敬的宝物而兴高采烈,觉得这是一件大吉大利的喜事。于是,他们列队把佛像、神像送到奔老太太家中。奔老太太马上请人搭起一个佛龛,把佛像供奉在里面。

　　不久,奔老太太在邻居的帮助下,在她家的西面堆起一座大山,并用那根基枝树的树干做柱子,在山上建起了一座寺庙。她把四尊佛像安放在寺庙里,石雕神像安放在东面一座山的山脚下。她认为神像是从老挝随水漂流而来的,具有老挝的风格,因此取名为"涅克达波列交"(意为"国王土地神"),此名一直保留至今。寺庙建成后,奔老太太请来一名僧侣住在寺内。后人为了纪念这位慈善的奔老太太,便称这寺庙为"瓦百囊奔",称这座山为"百囊奔"("百囊"即高棉语中"山"的音译),柬埔寨的华侨称它为"塔山"。据说,这四尊佛像和神像随时都会显灵,无论谁有事求拜,总会如愿以偿。

据《柬埔寨年志》记载,在"瓦百囊奔"寺庙建成后的半个世纪里,柬埔寨当时的都城吴哥不断受到来自西面暹罗的侵略,于是国王派遣钦差大臣在全国物色新王都地址。结果发现百囊奔地区十分理想,国王便调集全国的工匠艺人,在这个地区大兴土木,建设新王都。1436 年 6 月,柬埔寨正式迁都到百囊奔,并把这座新王都命名为"百囊奔"。一开始,华侨称它为"金塔",后来,为了与奔老太太联系起来,便改称为"金奔"。那些从中国广东沿海一带移居到柬埔寨的华侨在"奔"和"边"这两个字的发音上很相近,久而久之,渐渐念成了"金边"。这就是"金边"的由来。

关于吴哥的传说

古时候,有一个名叫林生的人,家境贫寒,靠租种别人的土地为生。每到收获季节,他总是把收成的大部分交给土地的主人。

一天,五位仙女离开天宫,来到人间游玩,看见林生的花园中百花盛开,香气四溢,便高兴地来到园中赏花。其中一位名叫狄帕索达占(意为"月香仙子")的仙女见了这些艳丽芬芳的鲜花十分喜爱,不由自主地采摘了六朵。回到天宫后,这位诚实的仙女把摘花之事禀告因陀罗父王。父王大为恼怒,斥责她触犯了天条,罚她下凡六年,与林生结为夫妻,以赎其罪过。

狄帕索达占只得听凭父王的发落,下到人间,把自己偷摘鲜花受到父王处罚一事对林生述说。林生连忙拒绝道:"我很穷,无钱娶你为妻。再说我的主人心肠狠毒,每天只供给我一人的饭食。如果你和我一起生活,连饭都吃不饱。"林生为人忠厚老实,仙女对他深表同情,说:"我一定帮助你摆脱穷困。我有办法,我们会有好日子过。如果你拒绝我的要求,那么父王是饶不了我的。你就可怜可怜我吧!"就这样,仙女和林生结为夫妻。他们日子虽然过得清苦,但相亲相爱,十分美满。一天,仙女问丈夫:"你一共借了主人多少钱?"林生说:"六十两银子。"仙女建议道:"你现在再向主人借四十两银子,我也为他干活。我可用你借来的钱办许多事。"林生欣然同意。林生向主人借来银子后,仙女让他上街买来二十斤蚕茧。从此,她在家纺丝线,织锦缎,并在上面绣了奇花异草、飞禽走兽和其他各种精美的图案。织好后,仙女让丈夫把锦缎送给主人抵债。主人摸着这精妙绝伦、无与伦比的锦缎,不由得大吃一惊,十分赞赏林生妻子的手艺,当即赐给林生五十两银子作为奖励,还说过去欠下的债也一笔勾销,并派人向林生的妻子学纺织刺绣。

从此以后,来林生家登门求艺的人、慕名而来的人络绎不绝。不久,林生夫妻靠纺织发迹,变成了有权有势的富翁。婚后一年,狄帕索达占生下一子。这孩子从小就顽皮可爱,酷爱绘画,常在地上画各种动物,因此取名为毗首羯磨(意为"造一切者""工艺之神")。当毗首羯磨五岁时,狄帕索达占受罚期限已满,她带着对丈夫、儿子的依恋之情不辞而别,飞回天宫。离家前,为了提醒丈夫,她采了六朵花放在枕头旁。晚饭时,林生找不到妻子,又发现了那六朵花,心里十分难受。年幼的儿子跑出家门,到处呼唤母亲,也不见母亲的踪影。回到家中,父子俩抱头大哭。

有一樵夫,靠上山打柴度日。一天,他正在山上砍柴,突然下起倾盆大雨,他便到林中一户人家中避雨。这时,因陀罗变的两只公鸡飞到这里,一只黑公鸡停在房檐上,一只白公鸡停在房顶上。白公鸡不住地啼叫,黑公鸡说道:"是谁竟敢如此放肆,居然在我的头上啼叫?"白公鸡答道:"我会施魔法。谁要是吃了我的肉,就能做皇帝。"黑公鸡也不示弱,宣称:"谁吃了我的头,就能成为僧王;谁吃了我的胸,就能登基当皇帝;哪个女子吃了我的腿,她就能当皇后。你可别小看我!"听罢黑公鸡的这番话,白公鸡就飞走了。樵夫听得真切,悄悄地抓住黑公鸡,立即宰了提回家去。樵夫把自己所遇到的一切讲给妻子听。夫妻俩高高兴兴地把鸡烧熟,盛在盘子里。樵夫对妻子说:"我们就要戴皇冠了,让我们到河里洗个澡,换上整洁的衣服,在河边痛痛快快地吃上一顿。"夫妻二人便端着盘子来到河边。他们洗完上岸时,连鸡肉带盘子都不见了。原来被浪花卷起顺水漂走了。

那天正巧有一个名叫尼的象夫赶着象群下河洗澡,发现漂过来的一只盘子,里面装有烧熟的鸡肉,便拿去给和尚看。和尚一眼就看出了其中的奥妙,抓起鸡头就啃。他把鸡胸肉分给尼吃,留下一对鸡腿给尼的妻子温姑娘吃。

这时,柬埔寨国王驾崩。因国王无儿无女,无人继承王位,宫廷中摄政大臣们便召开会议,决定采取传统做法,用神象选择国王,即派人装扮成一头神象,让象披红挂绿,配上金象座,然后放出宫自由行走。神象来到象夫和温姑娘面前立即下跪,载上他们夫妻二人走回皇宫。宫内的官员随即举行加冕仪式，象夫就这样当上了新国王。过了数月，因陀罗得知新皇后还没有儿子，就趁她出宫时抛出一个花环套在皇后身上，皇后因此怀孕，不久生下一子，取名为波列盖多梅利（意为"花环之光"）。

毗首羯磨日渐长大，对母亲的怀念之情也日益增长。一天，他问父亲："我的母亲是谁？"林生才把月香仙子的经历讲述给儿子听，并说她在离我们很远很远的天上。毗首羯磨决心去寻找母亲，父亲再三劝阻也无济于事。他翻山越岭，饮山泉溪水解渴，采野果野菜充饥，衣服被荆棘刮破也丝毫动摇不了他寻母的决心。

不知走了多少日子，他来到一座山脚下，遇到一群姑娘正兴致勃勃地采摘山花，恰好他的母亲也在其中。毗首羯磨想：

"我离家已数年，沿途从未遇见一个人。眼前这些漂亮的姑娘会不会是仙女呀？"他因衣服破烂不堪而躲进丛林中。当仙女们缓缓走近时，他便合十祈祷："如果她们中没有我的母亲，就请她们飞回天上去吧！如果有我的母亲，就请她留下吧！"果然仙女都飞走了，只剩下狄帕索达占飞不起来。毗首羯磨跑上前去，亲切地抱住她，喊道："妈妈！妈妈！我是您的孩子啊！我五岁那年，您就撇下我们父子俩。父亲发现六朵花，才知道你回天宫去了。他内心痛苦万分，就连邻居也落下了同情的眼泪。从那以后，我天天盼着快快长大成人，把您找回来。今天，我终于找到您了。我恳请母亲跟儿一同回家吧！"

　　仙女听了孩子的诉说，认出眼前的小伙子正是自己思念的儿子。她伤心地哭了，怜惜地对儿了说："我何尝不想念你们父子二人，还有那些曾和睦相处的邻里乡亲呢？我是仙人，不能长久留在人间。我每天都在祈求神灵保佑你们，给人间降福。如今，既然我们母子二人重逢，我就带你去天上玩玩吧！"仙女递给儿子一块水布，让他换掉身上的破衣服，然后便抱着儿子向空中飞去。

　　来到天国后，她带儿子去香泉沐浴，洗掉凡尘，而后让儿子穿上华丽的衣服，又亲自端出一盘盘美味佳肴给儿子吃。毗首羯磨玩得十分高兴。随后，月香仙子带儿子去见因陀罗大王。可一到因陀罗的宫殿，他便手脚打战，吓得瘫倒在地。因陀罗问月香仙子："他是什么人？为何领他到我的宫殿里?"月香仙子答道："父王有所不知，这是我下凡与林生结婚后生的儿子毗首羯磨。"因陀罗连忙说："孩子，快起来吧！"毗首羯磨顿时清醒过来，急忙向因陀罗大王恭恭敬敬地叩拜。因陀罗提出很多关于人间的问题，毗首羯磨一一回答，因陀罗十分满意。月香仙子在一旁补充道："他还擅长绘画、雕刻，村里人都夸他手巧。只是苦于没有师傅指教，他这些手艺都是自己钻研出来的。"因陀罗说："的确，他很聪明，但他的知识还不够全面和系统。这样吧，月香仙子，你把这孩子领到工匠高手那里，让他学一些技艺带回人间。"

　　从此，毗首羯磨便勤奋学艺，很快就熟练地掌握了绘画、雕刻、乐器等各种技能，还学会造一种可在陆地上行走的船，以及炼铁铸造等技术。他还能配制一种特殊的涂料，如果将其涂在黏土上，土就立刻变成石头。他学会了师傅传授的全套本领。师傅还鼓励说："你可以用学到的手艺造福于人类，你建造的宫殿将千古长存，而我的艺术生命只限于一个朝代。当一位皇帝登基时，我为他建一座宫殿，一旦这位皇帝驾崩，宫殿就会随之毁灭。因此，你的成就比我大得多。"

师傅把毗首羯磨的优异成绩禀报给因陀罗。因陀罗大喜，并预言："毗首羯磨必将成为一名举世无双的建筑大师。"接着，因陀罗传下圣旨："今后，人间所有的建筑工匠在每个工程动工之前，必须向毗首羯磨奉献供品，以求吉祥如意。"说到这里，因陀罗想到花环之光王子。当时正是夜晚，因陀罗飞到柬埔寨上空。人们看见天上明如白昼，闪出一道金光，大为惊讶。当人们还未来得及领悟，因陀罗便已身披蓝光来到国王的宫殿。国王见来人非同寻常，便立即下跪。因陀罗问道："皇上可曾认得我的儿子？"国王说："我不认识。"因陀罗又问："你儿子出世前有什么先兆吗？"国王如实说了一遍。因陀罗说："这花环之光正是我的儿子，是我让他投胎到人间的。"

国王立即派人把花环之光王子找来。因陀罗将王子抱起，让他坐在自己的腿上，接着对国王讲述了他的过去："我原名叫莫卡梅侬。我筑过许多路，修过许多塘，建过无数学堂，架过无数桥梁，为穷人做了很多善事，因此积德修成了因陀罗。我很向往柬埔寨这块美丽富饶的地方,我乐意帮助你们这个新建的国家。世人寿命太短,我要把工了带到天宫,让他在长寿池中沐浴,使他万寿无疆。"说完,因陀罗便举起花环之光王子飞向仙境。花环之光王子在因陀罗花园中的长寿池里每天沐浴七次,连续沐浴七天。因陀罗又请来七位婆罗门神为王子诵经、洒圣水,祝福王子长命百岁。接着下令套上御车,让王子乘车在金碧辉煌的宫殿内外游览,就连牛棚也都让王子参观了一遍。

随后,因陀罗问王子:"你参观了这么多地方,最喜欢的是什么建筑?"王子说:"这里的建筑都非常令人钦佩。"因陀罗说:"我把柬埔寨王国交给你管理。你回到王国后,要按照你所喜欢的任何一座宫殿的样子把王宫建起来,我还要为你派一名手艺高超的建筑大师。"年仅十二岁的花环之光王子此时还存有对因陀罗的惧怕心理,他想,因陀罗的华丽宫殿可不是我等所能享用的,再说,建筑豪华宫殿有可能冒犯因陀罗。想了一会儿,王子答道:"我看那个牛棚就很富丽堂皇了,就建那样一座宫殿吧!"因陀罗笑着对陪坐在一旁的毗首羯磨说:"我派你去帮助花环之光王子建造一座宫殿,要建得比牛棚好看些。完工后,我会下界主持王子的登基仪式。"而后,毗首羯磨仔细参观了一遍牛棚。随即因陀罗派人驾御车送花环之光王子和毗首羯磨来到柬埔寨国土上。

毗首羯磨奉因陀罗之命,开始为王子动工修建宫殿。他指挥民工挖沟,把土堆得高高的;捞取海螺焚烧后代替石灰,再将芝麻与石灰掺和,均匀地涂在用土堆成的宫殿上,使宫殿立即变成石砌的。然后,毗首羯磨在墙上用各种颜料描绘出许多栩栩如生的画面,刻出许多浮雕,把这座石砌宫殿修饰得比天宫的牛棚还宏伟壮观。这就是现在的吴哥寺。

花环之光王子对宫殿的建筑非常满意,对毗首羯磨的手艺赞不绝口。接着,他还请毗首羯磨在别处再建一批类似的宫殿。果然,宫殿完工之后,因陀罗在众神的陪同下前来向王子祝贺,封王子"花环之光王"的称号,并把这块土地称为柬埔寨。后来,花环之光王偶然发现吴哥寺的五个宝塔尖顶中有一处有些倾斜,便下令请毗首羯磨修理一下。毗首羯磨说:"这好办,皇上只要让一名妇人用一只长葫芦敲一下歪斜的地方,便可使它正过来。"花环之光王听后,将信将疑。他当场让一名妇人用葫芦敲了一下,果然那尖顶神奇般地正过来了。

至今,柬埔寨人依然普遍相信,吴哥寺是神造的。

闪电和雷声的来历

从前,有一位天神,他有两个徒弟,一个叫列密索男神,另一个叫梅卡列女神。两个徒弟都有非凡的本领。为了从天神那里早日学到新绝技,他们十分勤奋刻苦。天神对这两个虚心好学的徒弟非常喜欢,毫无偏爱之心。过了一段时间,天神想试试两个徒弟究竟谁更聪明、更有本领,便对他们说:"你们谁能给我取来满满的一杯露水,我就将那只盛露水的杯子变成一件如意之宝,杯子的主人想要什么都可以如愿以偿。"

列密索取来一只杯子,每天清晨去收集沾在树叶上和草丛里的滴滴露水,一连忙碌了好多天,还是没有把那只杯子装满。聪明的梅卡列精心挑选了一根质地松软的树枝,削去外皮,把去掉皮的树枝放在有露水的树叶和草丛之中。去皮树枝吸进了大量的露水,然后,她将饱含露水的去皮树枝往一只杯子里挤压,露水一下子就装满了杯子。她把这杯露水先送到天神那里。天神夸梅卡列比列密索聪明。天神当即喝下杯中的露水,并用魔法使这杯子变成一只神奇的魔杯。他把杯子交给梅卡列，并嘱咐道："这杯子神奇无比，你想要得到什么东西，只需摇晃几下，便可实现愿望。它还能使你腾云驾雾，上天入地，随心所欲地去任何地方。"梅卡列高兴地接过魔杯。她想去大海，便摇晃几下魔杯，于是她立即腾空而起，向东方的大海飞去。

列密索仍坚持不懈地收集露水，露水装满杯子以后，送给天神。天神对他说："你来迟了，梅卡列比你先来的。我已经将魔杯交给她了。而这种魔杯我只能变一只。"列密索听了，非常难过，伤心地哭起来。天神安慰他说："你别太难过了！这样吧，我给你一把斧子。你可以用这把斧子做武器，从梅卡列手中夺过魔杯，归你所有。梅卡列喜欢下雨时在空中飞舞，用雨水沐浴。你趁机朝梅卡列抛出斧子，这样，她一定会扔掉魔杯的。不过，你与她争夺魔杯时，一看见她晃动杯子，就要立即闭上眼睛。"列密索高兴地接过斧子，告别了天神，便去寻找梅卡列。

梅卡列一见列密索，立刻明白了他的来意。她迅速摇晃杯子，向高空飞去。这时，天空立即出现一道强烈的闪光。列密索按天神的教诲，先闭上眼睛，然后，将斧子向空中抛去。魔杯带着梅卡列在云雾中来回穿梭，发出一道耀眼的光亮。列密索抛出的斧子追逐着梅卡列，发出隆隆的巨响，但始终未能击中梅卡列。

从此以后，每当有雷阵雨时，人们总可以看到天空上一道道闪电，随之而来的便是轰隆隆的巨响。这就是闪电和雷声的由来。

青蛙叫就会下雨

古时候，有一段时期曾久旱不雨，土地龟裂，到处闹饥荒。大江、大河、小溪、山泉都干涸了，不计其数的动物相继死去，尸积成山，原来郁郁葱葱的植物都枯萎而死。就连那些耐渴的蟾蜍也都干渴难忍，瘦得皮包骨了。

一天，青蛙的首领对它的亲戚和伙伴大肚蛙和蟾蜍们说："亲人们！朋友们！如果天帝老不降雨，我们只有等死了。我们不能再沉默，再迟疑了。应该组织起来，与天帝斗争，迫使它降雨。我们与其渴死在家里，还不如战死在疆场，况且我们与天帝斗，还会有一线生存的希望。参加战斗吧，亲人们！朋友们！"听了首领的这一番动员，众蛙们一致响应，随即组成一支青蛙大军。浩浩荡荡的队伍穿过田野，越过山冈。途中，它们遇到另一支队伍，青蛙首领定睛一看，原来是一支鱼虾队伍，它们浑身沾满泥沙，面目模糊不清。青蛙首领问道："伙伴们，你们上哪儿去？怎么弄得满身泥土？"鱼虾首领答道："朋友们，我们是众鱼虾派出的精兵强将，要和你们一同去讨伐天帝,要求老天下雨。让我们一块儿去吧!"众青蛙听后非常高兴,于是,两支大军会合,继续在龟裂的田野上行进,欢呼声不绝于耳。

走了一会儿,它们听见嗡嗡的声音,抬头一看,只见黑压压的一片,一大群飞虫从头上掠过,领头的是蜜蜂和黄蜂。它们问道:"朋友,你们上哪儿去呀?怎么走得这样急?"青蛙首领回答说:"蜂哥儿们,我们去和天帝作战,要求降雨。天旱这么多日子了,草不长,花不开,更看不见树荫。你们无处筑窝,也不能采蜜。让我们联合起来去讨伐天帝,迫使它降雨,别再迟疑了!"飞虫按青蛙首领的命令也编入了这支讨伐大军。

当队伍路过瓜田时,只见甜瓜、黄瓜一个个都干瘪瘦小,无精打采,稀稀拉拉地吊在瓜蔓上。一条黄瓜发现了队伍,像看见救星一样,惊呼道:"朋友们,让我们也参加到你们的行列吧!我们决心去和天帝作战,为了我们家族的生存,即使战死也是值得的。"三支队伍的首领都同意接受黄瓜的请求。黄瓜、甜瓜就高兴地跳下瓜蔓,骨碌碌地滚进了前进的队伍中。队伍穿过田野,来到一片快要枯死的树林中,只见绕在一棵大树上的两根粗大的葛藤还幸存着。它们一见讨伐大军,立刻就问:"朋友们,你们的队伍是去向天帝宣战吗?让我们也跟你们去吧!我们的伙伴都死光了,我们也活不下去了。我们愿和天帝决一死战,以换取万物的复苏。"三军首领都同意葛藤的请求,让它们加入队伍,一同前进。

队伍昼夜兼程，忍受饥渴，不辞劳苦，最后来到了天帝的宫殿。讨伐大军一致推举青蛙首领为总指挥官。它当即命令蜂群分两路从宫殿院子的正门和后门夹攻，命令鱼虾占领放置于后门的水缸和一切有水的地方。两根葛藤分立于宫门两旁，黄瓜和甜瓜滚到天帝的宝座下面埋伏起来，青蛙和蟾蜍、大肚蛙充当先头部队。当部署完毕后，总指挥一声令下，先头部队向正坐在宝座上的天帝冲去。顿时杀声震天，吓得宫里的卫兵、众神、王妃、公主、王子、官员及贵夫人们争先恐后地向外逃命，刚刚到宫门口就遇上了鱼群劈头盖脸泼过来的污水，使他们无法睁开眼，乱作一团。这时，蜂群飞来把他们蜇得又痒又疼，一个个哭爹喊娘。这时，天帝见讨伐的队伍来势凶猛，想夺路而逃。可天帝刚一抬脚就踩在脚下的几个黄瓜和甜瓜上，摔了个四脚朝天。这时，两条粗葛藤从门旁过来，把天帝五花大绑地捆了起来，剩下一段又在天帝的脖子上绕了几圈。接着，蜂群又拥上来狠狠地蜇他，疼得他连声告饶，向讨伐队伍的总指挥说："我认输，我认输！"

见天帝已被战败，总指挥官命令队伍停止攻击，厉声责问天帝："你为什么长时间不下雨？害得我们很多伙伴先后丧命。我们再也不能忍受下去了。如果你还不下令降雨，休怪我们不客气。我们要捣毁你的宫殿，把你手下的人连同你一起杀死！"天帝听了这话万分惧怕，连忙恳求道："诸位息怒，有话好好说。这下我服你们了，我马上就下雨，请你们先回去吧！"青蛙首领说："不，我们才不上你的当呢！我们一撤，你只下一场雨就算了事，过后仍会像以前那样，不顾我们的死活。你是想让我们再次讨伐你呀？你必须与我们约法三章，否则，我们决不收兵！"天帝想了一会儿，说："这样办吧，以后，当你们需要水时，就让青蛙、蟾蜍、大肚蛙一起发出叫声，我听见叫声就马上下雨。你们看怎么样？"青蛙首领说："那好，一言为定。不过，我们得当场试试！"当即蛙队齐声喊叫，天帝便命令雨神哗哗地下起雨来。这样，讨伐大军才撤离天宫，凯旋回到大地。

自从那次交战之后，每当田野有青蛙、蟾蜍齐声鸣叫时，雨就一定会降落人间。

金环蛇的故事

从前,有一户三口之家,夫妻两人和一个女儿。丈夫是个珠宝商,长年在外谋生。母女两人留在家中,妻子名叫妮,女儿名叫艾。

一天,邻居们相约去山里打柴。妮带着艾也一同进山。她们见一棵大的枯树,妮便用斧子去砍。不料,砍了几下后,斧头掉进一个蛇洞里。妮沿着洞口往里瞧,见斧头正落在一条金环蛇的旁边,便央求蛇把斧头递给她。金环蛇说:"如果你答应做我的妻子,我便把斧头送还给你。如果你不肯,那就休想得到它。"妮不假思索地回答道:"行,只要你把斧头给我,傍晚我让女儿艾来请你好了!"金环蛇把斧头递出了洞口。妮当即吩咐女儿说:"傍晚,你到这里来,把洞中的金环蛇领到咱们家去。"说完,母女俩顶着柴火回家了。黄昏时分,艾来到蛇洞旁,站在洞口叫道:"金环蛇,我母亲叫你去呢!"听到喊声,金环蛇便爬了出来。艾一见到蛇,吓得全身发抖,但又不敢违背母亲的嘱咐,只好故作镇静,带着蛇往家走去。

这条蛇很大,它爬过的草许多都被压死了。蛇到妮的家后,就和妮睡在一起。妮对蛇说:"我是有夫之妇,我丈夫外出做珠宝生意,两三年才回家一次。"蛇问:"你丈夫什么时候回家?"妮说:"我也不知道他哪天回来。"说完就入睡了。天快亮时,蛇与妮告别。临行前,妮说:"如果我丈夫回来,就不让艾去叫你,那你千万别来。以后,只要我丈夫不在家,我就让艾去叫你。"就这样,每天傍晚,妮总是让艾去叫蛇,直到妮怀了孕。艾对母亲与蛇的交往很反感,但也无可奈何。

不久,妮的丈夫经商归来,看见妻子肚子大起来,心中顿生疑团,立即把女儿叫来盘问。艾姑娘把母亲与金环蛇之间的丑事向父亲一一述说。商人听完后,对女儿说:"今天晚上,你仍和往常一样去叫蛇来咱家。我等在门口,趁机把蛇砍死。你一定要不露声色,别让你母亲知道。"傍晚,艾去叫蛇时,金环蛇照例先问艾:"你父亲是否在家?"艾回答说:"父亲不在家,两三年的时间还没到呢!"金环蛇信以为真,就往妮的家爬去。商人早已持剑等候在门口,当蛇正要爬进门时,商人一剑砍掉蛇的头,随后又砍掉蛇的尾。他把蛇头挂在屋前的枣树上,把蛇尾挂在房檐下的架子上,然后把蛇身的皮剥下,让艾把蛇肉炖给妮吃。为了不让妮知道,商人把砍蛇时溅的血迹擦干净。

第二天早上,艾端出蛇肉汤让母亲喝。妮见汤很油腻,烧汤的锅和盛汤的碗都是油光光的,便问艾:"你熬的什么汤?"艾答道:

"猪肉汤。"妮未加怀疑,就让艾盛汤给自己喝。这时,一只乌鸦飞过妮的家,见枣树上挂着蛇头,很想吃蛇肉,口中却叫道:"呱呱!呱呱!吃吧!吃吧!吃自己男人的肉吧!"正在吃饭的妮听到乌鸦的叫声,便循着乌鸦的话向枣树望去,果然看见金环蛇的头挂在树上,心中很难过,情不自禁地流出同情的眼泪,但又不敢哭出声来,害怕丈夫察觉自己心中的秘密。商人见妻子流泪,就问:"你为什么流泪?"妮答道:"吃的热饭,喝的热汤,熏得两眼泪汪汪。"这时,乌鸦又喊道:"呱呱!呱呱!吃吧!吃吧!吃自己男人的肉吧!头挂在枣树上,尾挂在架子上。"妮又往架子上看,看见了蛇尾。这时,丈夫已觉察出妻子与金环蛇确有不正当往来,心中很生气,恨不得一剑杀死妮,但他仍装作若无其事的样子。

妮的肚子越来越大,很快就要足月了。一次,商人带着妻子去湖边洗澡。来到湖边,商人对妻子说:"我们再走远些,找个清静的地方,痛痛快快地洗个澡。"妮没料到丈夫是在寻找机会下手杀死她,便顺从地和丈夫一同往前走。他们来到一片森林,发现一潭清水,水里地势也很平坦。商人对妻子说:"这地方不错,我们就在此下水洗吧!"妮便坐在水边先洗头。商人趁妻子不防,抽出剑向她背部刺去,继而又将妻子拦腰砍成两段,妮当即死去。此时此刻,从妮的腹中爬出很多条小蛇。商人连忙举剑去砍小蛇。有的小蛇因来不及跑被砍死,有的钻进泥里,有的游入水中溜掉了,还有的爬进森林。

从此以后,地球上便出现了许多种类的蛇。柬埔寨语称具有威力的蛇为"涅克",即梵语中的"那迦"("龙"的意思)。相传金环蛇为高棉人的始祖。

孔雀舞的来历

古时候,有一个国王,他有一位如花似玉、聪明伶俐的公主。国王对她十分疼爱,视为掌上明珠。

一天夜里,公主做了一个梦,梦见一只雄孔雀展翅开屏,色彩纷呈,非常美丽。孔雀还以悦耳动听的声音念经给公主听。公主醒来,迫切希望能够梦想成真。她日思夜想,闷闷不乐,寝食不安。国王见公主这副模样,就关心地问她有什么心事。公主遂把自己做的梦和愿望如实禀告了父王。

国王答应要满足公主的愿望,便在全国挑选最优秀的射手,去寻找公主梦中的那只孔雀。这时,有一个本领高强的猎人接受国王的圣旨,愿去森林为公主寻找那只会念经的雄孔雀。猎人在森林中走了很多天,始终未见到美丽的雄孔雀,他几乎要失望了。突然,一天早上,猎人发现一只雄孔雀站在树枝上,面朝东方,正在诵经呢!过了一会儿,孔雀从树上跳下来,欢快地跳起了舞。猎人十分惊喜,正举弓搭箭瞄准拦截孔雀的去路,不让孔雀飞跑,以便抓到活孔雀呈献给公主。但孔雀非常机敏,怎么也抓不着。猎人觉得有些蹊跷,想必这只孔雀一定具有什么魔法,便一路跟踪这只孔雀。

在偷偷观察了两天之后,猎人掌握了这只孔雀的生活规律:它每天清早一醒来,总是先面朝东方诵经,傍晚太阳下山时,面朝西方再一次诵经,然后才进巢休息。猎人冥思苦想:究竟用什么方法才能使这只孔雀早上起来忘记诵经,然后抓住它呢?猎人想到了一个好主意。第二天,他从别处套住了一只美丽的雌孔雀,故意在这只雄孔雀栖息之地把雌孔雀放掉。清晨,雄孔雀醒来,拍打了几下翅膀,正准备诵经时,突然瞥见了眼前美丽的雌孔雀,感到十分惊喜,就从树枝上纵身跳下来去接近雌孔雀。这时,雄孔雀就落入了猎人前一天晚上布下的陷阱。

雄孔雀问猎人:"你抓我干什么呢?我之所以跑到深山老林,就是为了脱离肮脏的地方和猎人的追杀。你为什么一直跟踪我并捕捉我呢?"猎人听了孔雀的一番话,心中也很同情,以婉转的语气讲出了实情:"孔雀啊,并非是我要杀你。我抓你是为了呈献给公主,因为她曾梦见一只会诵经的孔雀,公主还想听你诵经呢!"孔雀笑着回答:"如果这样,那你不用发愁,我保证每逢斋日就去宫中为公主诵经,从下一个斋日起。"从此,每逢斋日,这只雄孔雀就准时飞到宫里为公主诵经。

由于这个美丽的传说,在柬埔寨新年时,住在柬埔寨西部的科拉族人就编出了孔雀舞。到了现代,孔雀舞仍流行于盛产宝石的拜林地区。孔雀舞用科拉族语伴唱,歌词大意是祝愿人们在新的一年中万事吉祥如意,开采到更多的宝石。

"男山"和"女山"的来历

沿七号公路从金边驱车至磅占,从一百一十六公里处的里程碑往东北方向看去,大约一公里处可以看见两座并排的山,一座较高的在东边,称女山;另一座较低的在西边,叫男山。

关于这两座山,相传有一段有趣的故事:

在很久很久以前,有一位名叫斯雷·阿育陀耶的女王统治着柬埔寨王国。由于她的地位,没有任何一个男子有勇气娶她为妻,只好由她去挑选人品相貌出众的男子来做自己的丈夫了。女王挑选丈夫的事传遍了整个王国,于是,当时的女子也纷纷效法女王的做法,去挑选自己中意的男子做丈夫。可是,个别相貌丑陋的女人在挑选丈夫时,往往遭到男子的拒绝而无法成家。

女王驾崩后,女人们在一起商议,觉得女王时代的做法应该改变了,为什么一定要我们去挑男人做丈夫呢?我们得想个办法和男人们比试比试。我们堆一座山,男人们堆一座山,看谁堆得快。如果他们输给我们,那今后就得让他们来挑选我们做妻子。商定之后,女人们便四处动员了很多妇女和男人,按照上述条件来堆山。当男女双方人数相等后,便当众宣布:到了晚上,男女双方同时开始堆山,而且必须在启明星升起时立即停止。

为了战胜男人们,妇女们发挥了自己的聪明才智。她们在干了三四个小时之后,便在堆山的东方用竹竿挂起一个小小的灯笼。男人们远远看见灯笼,以为是启明星升起来了,就停工回去睡觉了,而妇女们仍然不停地堆山,到真正的启明星升起时才收工回家。

清晨,雄鸡啼叫,男人们被惊醒了。他们抬头一看,都失声地说:"我们上当了!"再一看妇女们堆的山比自己堆的山高得多、大得多。这次打赌,男人们输给了妇女们,心中极为羞愧。

从那时候起,柬埔寨的婚姻习俗就改为男子挑选女子为妻了。

王子和龙女

很久很久以前,现今的柬埔寨被称为谷特牧岛,因该岛中央生长着一株叫谷特牧的树而得名。那时,印度南部有一个王国叫因陀巴达波里。一天,该王国的王子柏列唐因故被父王驱赶出来,乘船来到谷特牧岛。当王子在岛上的一处沙丘游玩时,正巧遇上涨潮,王子无法返回住所,只好待在沙丘。夜深人静时,海龙王之女带着侍女同往常一样来到沙丘玩耍。王子见到美貌绝伦的龙女非常喜爱,主动上前与她交谈。两人一见钟情。龙女将此事向龙王禀告,以征得父王同意。

龙王十分宠爱自己的女儿,便同意了她的婚事,并决定在谷特牧岛上为他们举行婚礼。龙王为了祝贺驸马,大显神威,把谷特牧岛四周的海水吸干,以扩大岛上的面积。后又施展魔法,变出一座豪华的宫殿,赐给这对新人。王子想拜见住在海底龙宫的龙王和王后,但他不会分水术,只好手拉着龙女的长纱裙,由龙女带领,向海底的龙宫走去。海水随即向两边闪开,最后,王子见到了海龙王和龙王后。

正因为如此,柬埔寨的传统婚礼至今仍保留着这样的风俗:在新娘新郎拜堂后,乐队奏起柏列唐乐曲。随即新郎拉着新娘的婚纱裙,跟随在后,双双步入洞房。

姑娘住闺房的来历

从前,有一个强盗,人到中年了,还没有娶妻。他在森林深处建了一幢漂亮的房子,用于存放他所盗来的许多金银珠宝和其他物品。时间一长,东西越来越多。他想:"我独自一人,有这么多珍贵的财产,却没有人来保管,也没有继承人,那我拥有这些财产又有什么意义呢? 当我老了,死了,这些东西都会成为无用的了。如果有个孩子,这些财产也有人继承,就不再遗憾了。"于是,他就到村寨里到处物色、观察在院子里、树荫下愉快玩耍的男孩和女孩。后来他发现有一个女孩长得五官端正、皮肤红润,模样惹人喜欢。强盗便花言巧语哄骗那女孩离开其他孩子,跟着他一直来到森林深处的那幢房子,把她作为养女。强盗害怕这女孩偷跑回家去找父母,也担心女孩的父母找到这里来,便把这女孩单独锁在一间小屋里。每当吃饭的时候或有什么好吃的东西,他都从窗户把东西递给女孩吃。

女孩被关在屋子里,一天天长大,成了一个大姑娘。由于她长期不出门,不见阳光,姑娘长得十分瘦削,脸色苍白。强盗十分担心养女生病,就跑到远处的村庄,找来了一个有经验的老太太,请她到家中为养女看病。老太太详细地询问了姑娘一番,又仔细打量了她,便说:"姑娘,不必担心,你没有什么病,只不过到了该结婚的年龄,从少女发育到成年,往往都有这样的反应。等我给你配几服草药吃,很快就会好起来的。"说完,老太太就在森林里采了些草药,煎好后让姑娘喝下去,并嘱咐说:"你把剩下的这些草药拿到太阳下面晒干,放在瓦罐里存放起来。当你快来月经时,就取出一包来熬着喝,只需四至五天,你的疼痛就会减轻,脸色就会逐渐好起来。"果然,服用了老太太的草药后,姑娘就慢慢恢复了健康。这时,老太太就告辞强盗回家去了。强盗送给老太太一些金银作为酬谢,并且答应送她回家。

当强盗准备送老太太回村时,老太太想:"强盗的家远离村寨,又处在深山老林,四处没有人烟。如果我想再找到这个地方来,怎么认识路呢?"她想了个好主意,在回家的路上,她手提着一个装有西瓜子的包袱,跟在强盗后面,边走边悄悄地在岔路口撒下西瓜子作为路标。老太太回家后,总也忘不掉在森林中的那个姑娘,时时回忆起那如花似玉的容貌。老太太很想在小伙子中找一个与姑娘般配的人。

有一天,一个英俊的小伙子从外地学艺归来,青年在归乡的途中因天色已晚,加上又累又饿,就到老太太家借宿。小伙子到老太

太家中时,老太太正在烧晚饭。老太太见来人很懂礼貌,便同意让他暂住,并和他交谈了几句。吃过晚饭后,收拾好碗碟,老太太试探性地问小伙子:"在你离家外出学艺之前,你父母给你说媒了?"小伙子回答说:"没有。我想,如果在我回乡途中,能碰上一个我中意的姑娘做我的妻子,那再好不过了。老人家,你们这里是否有漂亮能干的姑娘,可以帮我介绍一下吗?"老太太想了一下说:"我们这个村子里,好像没有哪个姑娘能配得上你。但是,我曾认识过一个漂亮的姑娘,她住在离这里很远的森林里。"接着,老太太便述说了她是如何认识那位姑娘的,并注意到姑娘的人品很好。小伙子听了后,迫不及待地想见到那个姑娘,央求老太太领他去森林找那个姑娘。老太太推托说:"我不能带你去,因为我害怕见到那里的强盗。强盗的心肠一般都是狠毒的,我担心他会把我杀死。我已经老了,但还想多活几年。你相信我,我是有意成全你和那位姑娘的。自从我见过那个漂亮的姑娘后,我就一直用心地留意,看看哪个小伙子能配得上那个姑娘,当我去集市买东西或去给人治病时,从没遇见过哪个小伙子能配得上她。今天,你来我家借宿,算你交上好运,我才把那个姑娘的事情告诉你。好吧,你先好好睡一觉,等明天一早,你就去找那个姑娘吧!"那天晚上,小伙子翻来覆去,久久不能入睡,一来是因为换了地方,二来是担心进森林找姑娘是否会遇上强盗招来不测。他忧心忡忡,到后半夜才睡着。第二天鸡叫时分,老太太就起床为小伙子准备路上吃的干粮。小伙子吃过早饭，老太太交给小伙子干粮袋，并将自己从森林返回时做的路标告诉他说："你就沿着我做的记号一直走，路上要当心。祝你一路顺风，如愿以偿。"小伙子拜别了老太太就上路了。

小伙子牢记老太太的嘱咐，在路标的指引下，很顺利地找到了强盗的家。正巧那个强盗外出不在家，只有姑娘一人看家，姑娘正在收拾屋子。小伙子先悄悄观察一下这里的环境，当得知强盗不在家后，便壮着胆子叫门。姑娘听到陌生人的叫门声很害怕，心想："究竟是谁，这么大胆敢上这儿来？"姑娘从门缝里看见敲门人是个长得很英俊的彬彬有礼的小伙子，心中的顾忌和疑虑消除了一半，就把门打开，让小伙子进来。两人一见钟情，愉快地交谈起来，越谈越情投意合，随即订终身大事，但他们要先瞒着姑娘的养父——强盗。姑娘执意让小伙子先在强盗家中住下。强盗回来后，察觉养女比以前爱打扮了，做家务事也更勤快了，整天乐呵呵的。强盗开始怀疑养女是否有心上人了。当他看到自己真心养育的养女这样瞒着自己，感到十分难过，开始意识到自己干强盗这个勾当确实很不光彩，无脸见人。他不想再在这待下去了，于是，他毅然决定一走了之，不再回来。

姑娘和小伙子结为夫妻后，总也不见强盗回来。他们就从森林里搬出来，和村民们住在一起。他们带上礼品去拜访为他们美满婚姻牵线搭桥的老太太。老太太也为这对年轻人的结合感到由衷的高兴，她在村子里逢人便说："这美貌的姑娘是从闺房中走出来的。他们俩真是郎才女貌,天生的一对。"村民们听说这姑娘是被关在闺房中才变成如此花容月貌的,于是在自己的女儿出嫁之前,也都先让她在闺房中待上数月,不与别人接触,甚至家中的男性都不能与之见面。这种习俗至今仍流行于柬埔寨民间。

扎耳朵眼的来历

自古以来，柬埔寨的女孩都要扎耳朵眼、戴耳环，这种习俗来源于以下的传说：

古时候，有一个富翁，家中的金银财宝、绫罗绸缎堆积如山，还雇用了很多用人。这个富翁私下里背着妻子，在众多女用人中挑选了一位年轻漂亮的女子做情妇。可时间一长，终于被他的妻子发觉。她非常气愤，但又不知如何惩罚这个女用人。

一天，富翁去外地办事，需要一整天的时间。富翁的妻子等待已久的报复机会来到了。她把所有女用人召集在一起，当着众人的面，把富翁的那个情妇叫出来，恶狠狠地辱骂一番，拳打脚踢，然后又残忍地在她的两只耳朵的耳垂处各钉上一个铁钉，关在一间阴暗的小屋子里面。那天傍晚，富翁回到家里，不见自己的情妇，找了半天，才在黑屋子里发现了她，同情地问她："为什么要用铁钉钉在你的耳垂处？"女用人哭哭啼啼地把女主人如何欺侮她的前前后后经过如实讲了一遍。富翁心疼地为她从耳垂上取下铁钉，并小心翼翼地敷上一点药,然后把女用人送到一幢相隔较远的房子去住。

不久,这个女用人耳垂上的伤口好了,但留下了一个小孔。女用人为此感到很丢面子,怕别人取笑她,整天抬不起头来。她总是在富翁面前唠叨说,无论如何要填平耳垂上这个不光彩的小孔,富翁表示,保证设法让女用人的耳朵好看起来。富翁设想,如果请金匠用金子做成一个类似钉子的东西,让女用人戴在耳垂上,可能会好看些。富翁就按自己设想的那样,请来金匠做成各种形状的耳环、耳针、耳坠,还在上面镶上钻石,看上去亮晶晶的光彩夺目,就送给了女用人。女用人试着戴上后一看,果然熠熠生辉,十分好看,她顿时喜出望外。

后来女用人正式成了富翁的小妾。富翁的妻子见小妾的耳朵上戴着闪闪发亮的金耳环,非常羡慕,就问她说:"你耳朵上戴的是什么东西呀?"小妾得意地回答说:"我戴的是镶有宝石的金钉子,它代替了你过去给我钉的铁钉子。"于是,富翁的妻子也让人将自己的耳垂处扎一个孔,请金匠为自己制作了像小妾那样的金耳环戴在耳垂上。

从那以后,柬埔寨便出现了这样的习俗,女孩子从小就要扎耳朵眼儿,用来戴耳环。这个习俗一直保留至今。

婚礼上舞剑和卷席的来历

古时候,一位官员被国王派往常发生民众暴乱的地区,以了解民情和调查发生暴乱的原因。这位官员便带领数名士兵奔赴那个地区。在途中,他们路过一个村庄,发现了一位容貌出众的姑娘,官员十分喜欢,便跟随姑娘一直来到她家。姑娘的父母见有官员来访,便热情相待。官员开门见山地询问:"大伯大妈,不揣冒昧,请问您家女儿成亲了吗?"姑娘的父母说:"还没有出嫁。"官员于是就坦率地说:"我很喜欢您家的姑娘,我想娶她为妻,不过眼下公务在身,我先留下这三两金子作为信物,约定三个月后,我就回到这里按本地的习俗与姑娘成亲。"这官员在完成调查任务后急速回到王宫。由于事务缠身,总也抽不出时间去那姑娘的村庄,不知不觉,三年的时间一晃过去了,那个官员仍未履行自己的诺言。

与姑娘同村的一个小伙子偏偏爱上与那个官员已有婚约的姑娘,小伙子一心渴望能娶那个姑娘为妻,整天精神恍惚、茶饭不思。他的父母看在眼里,以为孩子得了什么怪病,就关心地问:"孩儿呀,看你整天愁眉苦脸的,你哪儿不舒服?"小伙子如实告诉父母:"没有什么不舒服的,我就是看上了已与那个官员订婚的姑娘。如果父母不去为儿子提亲的话,儿子就打算自杀了,活在这世上还有什么意思呢!"父母开导说:"孩子呀,我们怎么能去提这门亲事呢?大家都早已传开了,那个官员已经和姑娘定亲了,聘礼也给了,他一定会回来娶那个姑娘的。我们哪敢与官员作对呀!不然,我们一定会招惹麻烦的。"小伙子说:"过去,姑娘的确与官员订有婚约,但早就超过了约定的时间,也不见那官员来娶姑娘。如果你们不去求亲,那我只好自杀了。"听了儿子以死相逼的话,父母的心肠软下来了,就硬着头皮托媒人上姑娘家去提亲。媒人说明来意后,女方的父母想,很明显,那个毁约的官员不再思念我们的女儿了,因为当时他约好三个月,现在都已过三年了,我们不能白白耽搁女儿的婚姻大事,只怕女儿一年年大了,往后更不好办。于是,就当场答应来求婚的这家小伙子。男女两方家长一致决定赶紧把婚事办了,同时给小伙子和姑娘改名换姓,分些财产给他们,让他们搬到远离这村子的外地过日子,即使官员再回来提亲,女方家可以撒谎说姑娘与别人私奔了,至今不知下落。如果官员要惩罚我们的话,我们也就认了,反正我们年纪也大了。

就在这时,那个官员突然想起了三年前曾送了三两金子做定礼的那位农村姑娘,他便禀告国王,请求带兵去外地考察。国王批准了官员的要求。当他来到姑娘住的村庄时,正赶上村里举行婚礼。官员问一个村民:"村里有什么喜事?为何这么热闹?"那个村民如实告诉说:"就是那位有人用三两金子定亲的姑娘今天办喜事。所以客人很多。"官员听了怒火中烧,迅速冲到姑娘家中,拔出剑来,当场杀死了正在拜堂的新郎,顿时鲜血满地,把铺在地上的席子都染红了。参加婚礼的亲朋好友对这突如其来的惨祸手足无措,乱作一团。官员紧紧抓住新娘的手不放,把她拉回到原来拜堂的地方。姑娘的父母也十分害怕,只好让那个官员作为新郎,把婚礼进行下去,同时,连忙请来村中的长者,施行法术,驱逐邪祟,去掉晦气,并将原来铺在地上被鲜血弄脏了的席子收起来。人们议论,剑是战胜敌人的武器,而这官员以剑的力量才夺回了姑娘。后来,人们沿用这一做法,婚礼上往往要表演剑舞助兴。另外,在高棉人举行的传统婚礼上还要请僧侣诵经,洒吉祥水,以消灾驱邪,然后举行卷席仪式。

"猫也好，狗也好，嫁就嫁吧"

当村里的小伙子向姑娘求亲时，男方家的媒人总是与女方家中的亲戚再三商议，究竟是否同意把姑娘许配给求亲的小伙子。当女方家的老人们了解到前来求亲的小伙子学识或手艺都不错，就是家境贫穷一点，媒人总是这样开导说："得了，猫也好，狗也好，姑娘该嫁了！别再挑拣了。"

这种习惯说法，来源于下面这个故事：

从前，有一个国王，饲养了一只母狗，这只狗每天都吃国王剩下的饭菜。时间长了，母狗怀孕了。快足月时，它不敢再待在皇宫，就跑到了一个僻静的山洞，母狗产下三胎，两女一男，完全是人的模样。母狗每天出去找食，精心喂养这三个孩子，直至他们长大成人。母狗很担心自己的孩子，因为自己是动物，而生下的孩子却是人。每当母狗去村里找食，它总要再三叮嘱三个孩子，一定不要离开山洞，不要到外面玩，担心被人发现把孩子带走。

一天，国王到森林中去游玩，一队人马随同前往。母狗的两个女儿平时都听母亲的吩咐，从不离开山洞一步。可在国王出游的这天，母狗的两个女儿第一次出门看看外面的世界，正好与国王的队伍相遇。国王在这偏远的山区，遇见这两个漂亮的姑娘，就想娶她们做王妃，便让侍从把姑娘叫过来问话。国王问："你们两个姑娘是谁家的孩子？怎么会在这森林里呢？"姑娘便谎称："我们是孤儿，家里只有我们两姐妹相依为命。"国王向随行的官员和侍从当即宣布，要娶她们为王妃，便领着她们和随行人员一起回宫。

而母狗的儿子看见国王的人马快走近山洞时，十分恐惧，就躲进洞里不敢出来。当国王队伍走后，母狗找到食物返回山洞，儿子将两个姐姐的事情讲给母狗听，母狗十分心疼两个女儿，就冲出山洞拼命追赶国王的队伍。国王的队伍正好在途中休息，母狗赶上队伍，看见一顶轿子，认定两个女儿就在里边，便使劲往轿子里钻，但国王的卫士不让它接近两个未来的王妃。国王见此情景，便问两个姑娘："这狗是你们喂养的吗？为什么它总想跟着你们?"然而，两个姑娘觉得没有面子，不愿说实话，反而说："不知道是从哪儿来的狗。"国王下令让卫士狠狠地打这只狗。狗只好忍着伤痛跑回山洞，并把前后经过告诉了儿子。儿子是个孝顺的孩子，听了母亲的叙述后，对两个姐姐的言行大为恼怒。他到处找药，治好了母亲的伤。最后，他进村去找一点事做，挣钱养活年迈的母亲，再也不忍心让母亲为自己找食物了。

儿子领着母亲来到一个财主的家，请求财主让他当用人。他对财主忠心耿耿,那只狗在夜里忠于职守,看好财主的家产,这些都赢得了财主的赏识。经过一段时间的观察,财主觉得这孩子品行好,又能干,就认他为养子。每次吃饭,财主见养子总要将自己那份饭菜分出一些给狗吃,财主觉得很奇怪,就对养子说:"我们家不缺吃的,你不必省出自己的饭菜留给狗吃。"听到财主这么说,养子告诉养父说:"我之所以把自己的饭留给狗吃,不是说家中缺少粮食,而是这只狗在我困难的时候和我生活在一起,我们已经有多年的感情了,所以我得感谢它。"后来,养子请求养父让他去外地学习本领,将狗托付给养父。财主一口答应,养子就离家上路了。

过了一段时间,养子学完本领就回到养父身边。母狗见儿子学成归来,表现出十分亲切、高兴的样子。财主想看看养子的手艺学得怎样,就让他试试射箭的本领。养子一箭射出去,箭落之处即刻起火了,再射一箭,却涌出许多水来,立即又把火灭掉了。看见养子学到这么一手真本事,养父有说不出的高兴,主动提出把女儿嫁给养子,随即财主就为他们订下婚约。

母狗的儿子为了替母亲报仇,一心想去国王那里惩罚两个姐姐,就告辞了财主去王宫。当他快到王宫时,就派人给国王送去一封信,信中说有人要攻打王都。攻打王都的人是个神箭手,他射出的箭会发出震天动地的响声,能使王宫内的文武百官和全城的百姓都心惊胆战。国王得知有高手来攻打王都,十分害怕,无法对付这突如其来的宣战,于是带着两个王妃慌忙逃出王宫躲避起来。

大臣们到处寻找国王，都不见国王的踪影。这时，母狗的儿子已打进王宫，文武大臣们群龙无首，就决定拥戴这位武艺高强的小伙子为国王。新国王稳坐江山后，就回到财主家想让自己的母亲——那只年迈的狗变成人形，以免招来众人的非议。母亲同意儿子的主张，国王就在院子中央生起一堆火，把母亲赶到火堆里去，让它投胎转世。财主不知内情，很同情那只狗，就对当国王的儿子说："你这样做不是要把狗烧死吗？"这时，国王才将自己的身世详细地对养父讲了。国王讲完后，财主对妻子说："我原以为养子是一个有本事的孩子，才把女儿嫁给他，现在方知道，他是这只狗的儿子。那我们该怎么办呢？"财主的妻子回答说："算了，猫也好，狗也好，嫁就嫁吧！"这句话被人们引用至今。

篾匠的故事

　　古时候,有两兄弟,哥哥名叫帮奇,弟弟名叫普安。在他们很小的时候,父母就离开了人世。他们一块儿去寺庙求学,寺庙的长老很同情他们,便收留了他们。兄弟俩勤奋好学,让师父处处称心满意。他们出家五年后,便请求师父允许他们还俗。临行前,师父嘱咐帮奇说:"你去中国吧,到那里你会交上好运发财的。"师父预测普安有着似锦的前程,将会成为统治两个国家的国王,对他叮嘱道:"你还俗后自己独立谋生去吧!我送你三句话:要是疲惫了,千万别马上躺下睡觉;如娶媳妇,要先考察丈母娘;睡觉时不要与妻子说话。你记住了这三句话,就等于你得到了两个国家,此外,就没有什么送给你的了。"兄弟二人拜别了师父,并按师父的指点各自谋生去了。

　　哥哥帮奇到了中国去做生意,不久果然发了财。弟弟普安不知道怎样谋生,便投奔亲友,大家都同情他。他忘了师父的嘱咐,就由亲戚做主,给他说媒完婚,而没有考察女方母亲的为人。普安夫妻二人日子过得十分艰难,经常吃了上顿没下顿,普安只有一条破短裤。他经常去码头看看,是否有从中国来的船只,以便打听一下他哥哥的消息。

一天,有一艘中国商船经过这里,普安就问:"船主啊,你认识一个去中国谋生五年的高棉人吗?"船主回答说:"我曾看见过一个高棉人,他现在可是富得很,没人能比得上他。"普安又问:"船主哪天回中国?"船主回答说:"再过三天,我的船就开回去。"普安请求道:"请您可怜可怜我吧,让我搭您的船去找我的哥哥吧!"船主表示同意。普安的要求得到船主的应允,便高兴地回家去了。

回到家中,普安把哥哥在中国发了财和自己要去找哥哥的想法通通告诉了妻子。妻子问:"你和谁一块儿去?"普安答:"我搭中国商船去,三天以后就出发。"妻子冷冷地说:"你要去就去吧!"过了三天,商船来到码头,把普安接上船。一路上,普安细心照看商人的货物,就像照看自己的东西一样。商人见这男子勤劳肯干,心眼好,很喜欢他,每天免费让他和自己一起吃喝。而普安的妻子自从丈夫走后,天天晚上让情夫睡在自己家里。

普安搭船到了中国,他问船主:"何时再回柬埔寨?"船主说:"再过三天就去。"普安与船主约好后,就忙着去找哥哥。经过打听,普安来到哥哥的家门前,看见有个看门人,便把自己的来意告诉了看门人。看门人把来人上下打量了一番,见他衣衫褴褛,根本配不上是主人的弟弟,便回去禀告主人。正巧男主人不在家,去拜见皇帝了，只好禀告了女主人。女主人听说后非常生气："哪里来的穷光蛋，竟敢冒充是主人的亲弟弟，想毁坏我家的名声！"女主人让用人把来人抓起来，捆在马厩里，并说："等我丈夫回来，一定把他杀了。"普安被扣在马厩里，心想："我从柬埔寨来异国他乡投亲，没料到是这样的结局，自己的亲兄弟都不相认，还要把我抓起来，要杀我。还不如当初不来找他，在家乡受苦受穷，也不会有人敢欺侮我。"他哪里知道只因哥哥不在家，他才受到这样的待遇。

男主人帮奇从朝廷回家，妻子对他说："有一个从柬埔寨来的穷人，说你是他的亲哥哥，可我看他长得丑陋、衣冠不整，我就叫人把他套上铁链，捆在马厩里了，等你回来再收拾他。"帮奇听妻子这么说，连忙吩咐用人："去放他出来，没准真是我的亲弟弟呢！"一见面才知那人真是自己的亲弟弟普安，立即热情款待，给他端上好饭好菜，并给他换上一套新衣服，然后问他："弟弟，你在老家干什么为生？为何这样穷？"弟弟回答说："在老家没有干什么活，生活很穷困，而且还娶了妻子。"哥哥同情弟弟，一时也不知说什么好，又问："你和谁一块儿来的？"弟弟说："我搭商人的船来的，三天以后就回柬埔寨。"哥哥说："今晚你在我家住下，我有点事去找一下算命先生。"哥哥到算命先生家中，向他说明来意："先生，我来是为了请你测一下，我弟弟在远方是否一直受穷下去，还是今后会富裕起来？"算命先生拿出一个簿子来翻看了一阵，预测说："你弟弟不会一直是穷人。七年之后，他将成为两个国家的国王，你也将在你弟弟的朝廷里做大官。但是现在你弟弟很穷,在他返回故乡的途中,会得到价值连城的宝物,中途宝物又失去。过了七年后,他当上国王,重新获得宝物。"哥哥谢过算命先生就回家去了。

到了第三天,商船主人装好货正待远航,哥哥送给弟弟一块布。兄弟二人告别后,弟弟想,兄弟二人从小父母双亡,成了孤儿,兄弟俩相依为命。现在哥哥富了,家里金银珠宝堆成山,却不愿给我一点,反而只送一块布给我,越想越生气。弟弟到了码头,上船后,船就扬帆起程了。船主问普安:"你哥哥送给你什么啦?"普安答道:"没送什么,只送了一块布和一套衣服。"当商船行到半路时,天色已黑,只好抛锚在码头住一夜。普安想起了师父的一句话:"疲惫了不要马上躺下睡觉。"便背靠桅杆坐着,不敢睡觉。半夜时分,一个妖怪发现了这艘船,想来吃船上的人。妖怪的长胡须落在普安的额头上,他伸手抓住妖怪的胡须,大声喊道:"我抓住你了,你这该死的家伙!"妖怪惊恐万分,想挣脱也挣脱不掉,担心船上的其他人醒来要它的命,就对普安说:"请你放了我吧!我用三件宝物报答你,一条魔绳、一根魔棍和一只魔锅。如果遇到恶人欺侮你,魔绳就会自动去将他捆住,魔棍就会自动去把他打死;如果你肚子饿了,想吃什么,魔锅里就立即变出你要吃的东西。"普安问:"你得先给我这三件宝,然后才放你。"妖怪马上把魔绳、魔棍和魔锅递给普安,普安就松开手,放了妖怪。

翌日早上,普安告诉船主说:"船主,昨天夜里,有一个妖怪要来吃我们,要不是我把它赶走,你们早就没命了。如果你不相信,请看看那妖怪送给我的三件宝物——魔绳、魔棍和魔锅。"船主问:"东西在哪里?拿出来给我看看。"普安立即取出三件宝物给船主看。船主看后想:"这些东西太有价值了,没有任何人会有。这人运气怎么这样好啊?竟然轻易得到这些宝物。"船主又想:"让我先替他保存这些宝物,然后再想办法把他甩掉,将船开走,这些宝物不就归我所有了吗?"船主对普安说:"你没有箱子放,还是把那几件东西拿来,我替你保管吧。"普安丝毫没有防备之心,就把宝物寄放在船主那里。船行到一个岛边,有一棵无花果树从水中长出来。船主抓住无花果树把船停住,对普安说:"你爬上树摘几个无花果给我吃。"普安老老实实去爬树,船主指使说:"爬到最上面,可以摘到大的果子。"当普安爬到树梢时,船主扔下普安就把船开走了。普安摘到果子,大声喊:"船主,来拿吧!"可船主头也不回,船渐渐远去了。普安想:"啊!原来我上当了,船主让我爬树是想扔掉我,让我死在这汪洋大海的孤岛上。如果当初提防点船主,哪怕只留下魔锅,能有吃的也好,等到有船经过,也好搭船离开这个鬼地方。"他越想越后悔,就伤心地哭了起来。夜间,有一只常来吃无花果的猪口含宝珠来树下捡果子吃,宝珠的魔力可使猪在水面上走。普安见猪把宝珠放在无花果树干旁,就摘了果子扔给猪吃,自己抓起宝珠就从水上跑了。天亮时,他看见一艘船经过,就大声喊:"船主,等等我吧!"船主朝喊声的方向看去,认出是搭船的普安，只得让他上船。普安对船主说："你不该起歹心，将我扔在大海之中，要不是我运气好，早已葬身鱼腹了。"船主辩解了一番，然后好奇地问："你怎么能在水上走呢？"普安说："我从猪那里得到宝珠，可以在水面上行走。"船主又居心叵测想替普安保管宝珠。这次普安知道船主的鬼把戏，便说："你把上次那几件东西给我，来换这个宝珠。其实，这些东西对我都没有什么用处，早晚还不是都得给你。"船主想，这个傻子很容易被骗，就把魔绳、魔棍和魔锅用普安哥哥给他的那块布包好交给了普安。普安告辞了船主，拿着宝珠从海上跑了。船主鞭长莫及，后悔不已。

普安凭借着宝珠的威力，七天的路程仅一天就走到家了。到家后，他对妻子说："给我开门吧，我回来了！"妻子是个荡妇，正在和情夫睡觉。妻子佯装正经地说："是谁叫门呀？我丈夫不在家，别来喊我。"丈夫在外听到后，以为妻子对自己很忠实，又重复了一遍："是我回来了！"妻子说："哟，真的是你回来了，我还以为是什么不正经的人喊我呢。你等着，我先点上灯，穿好衣服就来开门。"这时，普安在高脚屋梯子旁挖了一个坑，把几件宝物先埋了起来。妻子拖延时间，把情夫从后门放走后，才点灯开门，煮饭给丈夫吃，然后睡觉。妻子问普安："你去中国找你哥哥，他给你什么东西啦？"普安说："他给我一套衣服和一块布。"妻子假装哭了起来，说："不对，你骗我。你哥哥不可能只给你一套衣服和一块布。"普安想起师父的嘱咐"睡觉时不和老婆说话"，便对妻子说："睡吧，等明天再说。"可妻子不肯，普安以为妻子忠诚老实，也有些可怜他，觉得不该瞒着她，他有些犹豫了。在妻子刨根问底的情况下，他想，反正现在夜深人静，告诉她也无妨，没料到妻子的情夫正躲在高脚屋下面偷听。他就对妻子说了自己得到的几件宝物，现埋在高脚屋梯子旁边。妻子的情夫听到了，就把几件宝物偷走了。

第二天早上，普安去梯子下面挖宝物，但只见被盗的痕迹，宝物全都不见了。他默默无语，但心中已全明白了，自己妻子有情夫，就把梯子捆起来，拖去找法官告状。法官让人一边打梯子，一边问："你这梯子，主人存放在你那里的东西怎么就让人偷走了呢？"法官没有领会其中的奥妙，打了梯子后，反而责问梯子的主人说："你这个疯子，从来就没有人告梯子状的，你还是另请高明判这个案子吧！"普安便把梯子向皇宫方向拖去。正巧，国王在门楼上休息，看见有人来，让侍从叫来人问话："你为什么拖着梯子进皇宫？"普安遂把自己藏宝物和丢失的前后经过禀告国王。国王问："你指的宝物都是些什么东西？"普安答话："魔绳、魔棍、魔锅和能在水面上行走的宝珠。"皇帝下令，让侍从先把梯子放在皇宫里，并对普安说："你妻子肯定有情夫。你换上用人的衣服在宫中待三天。"三天后，国王送给普安几条裙子，让他带回家给他的妻子，并嘱咐说："如果有人约你看跳舞，你不要来，让你妻子穿上朕送的裙子来看舞蹈。"普安按国王的话回家去了。妻子见普安拿回来好看的裙子，很想得到它，马上装作跟丈夫很亲热的样子。第二天上午,国王的侍从鸣锣通知说,国王举办舞蹈表演,让王国的臣民前去观看演出。人们都蜂拥着去看,普安的妻子也想去,就对普安说:"我们一块儿去看吧!"普安说:"你穿新裙子去看吧,我留在家中。"妻子听丈夫说穿新裙子去看,很高兴,还悄悄拿一条给情夫穿。这两人就穿着国王赐给普安的新裙子进宫去看演出。国王派士兵在观众中巡视,如果发现有谁穿他赐给普安的新裙子便抓来见国王。果然宫廷卫士抓到了这一对男女。国王见那男人不是普安,就派人找普安来问:"你的妻子在哪里?"普安指着被抓的妇人说:"她就是我的妻子。"国王又问普安:"你认识这男子吗?"普安答道:"不认识。"国王问那男子:"你穿的这条裙子是谁给的?"男子指着普安的妻子答道:"是她给我穿的。"国王又问:"你是她的情夫吗?"男子说:"是的。"国王追问:"你偷了埋在他家梯子下面的东西,对吗?"男子承认说:"是我偷的。"国王派人押着那男子,取来赃物,问普安:"这是你的东西吗?"普安答道:"是的,正是我丢失的东西。"普安央求国王道:"算了,案子就算了结了。我请国王饶恕了他们,让他们结为夫妻吧!"国王和在场的官员无不佩服普安的宽容和大度,国王按原告的要求,也就免去了他们的罪过。接着,普安将几件宝物献给国王,并将其用途一一做了介绍。国王心中明白这些宝物的重要性,面对慷慨的普安,国王激动地说:"朕没有什么可回报你的,只有一位公主和王位,朕愿把公主和王位送给你。"普安说:"我是一个穷人,不想当国王,也不敢娶公主,只请求国王给我一把劈竹篾的刀。"国王下令铁匠制成了一把特殊的篾刀，即使七层木板叠在一起，只要用篾刀轻轻一剁就会断开，并做了一个精美的刀鞘，国王亲手把它送给普安。由于普安不要王位，不娶公主，只要一把篾刀，因此，村民们给他取名叫篾刀匠。

篾刀匠来到另一个王国，请求寄居在一个财主家中。财主有一个女儿，没有儿子，就收留篾刀匠为干儿子。篾刀匠对养父忠心耿耿，管教用人，治理家业，不让财主操心。财主很喜欢这年轻人。正巧，这个国家要考察选拔有智慧的能人来管理国家。国王在皇宫门旁的角楼专门设立了一个值夜房，里面有舒适的床，桌子上摆放了丰盛的饭菜，晚上让官员们轮流去值夜。国王晚上要去查看。然而，所有的值夜官员去那里都只是吃饭睡觉，根本不把值夜的事放在心上。第二天早上，国王就把值夜的官员杀死，无一例外。在轮到篾刀匠养父去皇宫值夜时，财主想：自己也逃脱不了有去无回的下场，因此，就吩咐家里人、亲戚为他准备办后事，全家人包括远近亲戚、用人都哭成一团，财主直挺挺地躺在床上，不吃也不喝，等待死期的到来。篾刀匠从外面干活回来，见财主全家人如此伤感，就去问财主："父亲，为什么大家哭得这样悲伤？您躺着茶饭不思，究竟发生了什么事情？"财主说："儿啊，自从我认你做干儿子以来，我从来没有什么不顺心的事。本想等我老了，让你来继承这份家业，没料到今晚我一去就不会再回来了，因为前面遵照国王旨意去皇宫值夜的官员没有一个生还的。如果我真的遭遇不测，你要好好照顾你的干妈和妹妹呀。"篾刀匠说："父亲，你先起来吃饭，你不要为去值夜的事发愁，儿去替你死好了。"财主说："得了，你还年轻。我已老了，死了就算了。"篾刀匠又说："前面的人之所以被国王赐死，是因为他们不理解国王的意图，这事只有我才能办妥。"财主听篾刀匠的一番苦心相劝，便起来洗澡、吃饭。到了晚上，篾刀匠就拿着篾刀去皇宫值夜。国王的侍从向篾刀匠做了交代之后就离去了。篾刀匠领悟道："原来国王是在考察官员和财主们是否忠于职守。"篾刀匠想起了师父的教诲，晚上即使疲惫了也不要马上睡觉。半夜，国王出来巡查，见桌子上的饭菜仍是原来的样子，篾刀匠认出了是国王，就从暗处冲出来，大声喊道："哪里来的盗贼，竟敢偷国王的东西！"国王大吃一惊，连忙躲闪到角楼柱子后面，篾刀匠故意砍不中国王，而砍在柱子上。他们追来躲去，结果角楼的柱子全都被砍坏，最后国王说："朕是国王。"这时，篾刀匠才停下来。国王回皇宫去了。篾刀匠回到原来的地方，值夜到天亮。早上，篾刀匠刚回家，值夜的角楼便被一阵风吹倒了。

国王问侍从："昨天晚上是谁值夜?"侍从说："是财主值夜。"国王派侍从去财主家问，财主说："是我的儿子值夜。"侍从说："盗贼把值夜角楼砍倒了，所以国王让我叫你去。"财主进了皇宫，国王问财主："昨晚是谁值夜?"财主说："我的儿子值夜。"国王又说："你哪儿来的儿子? 记得你只有一个女儿。"财主说："这是我收留的孤儿。"国王说："去叫你的儿子来。"财主见国王叫儿子去，心想：这下父子俩必死无疑了。国王的侍从将篾刀匠带进皇宫，国王对篾刀匠说："皇宫的角楼倒了，这没有什么关系，还可以重新建起来，但挑选像你这样的人才很难得。"接着又问篾刀匠："你叫什么名字？"篾刀匠回答："我叫篾刀匠。"国王又问："昨天晚上你是用什么来砍我的？"篾刀匠说："就是用篾刀砍的。"国王让他出示篾刀。篾刀匠说："如果陛下想知道这刀锋利不锋利，就请你让人将七层木板叠起来，我只需轻轻一刹就能砍断。"国王不相信，让篾刀匠当场试验。果然篾刀匠手起刀落，七层木板就断开了，国王仔细查看后，问："为什么没有断的痕迹？"篾刀匠解释说，因为刀刃太锋利的缘故。国王回想昨晚的情景，真是不寒而栗："如果被他砍中了，朕早就没命了，这也是因为朕的运气好，才没被他砍中。"国王对财主说："你的儿子是真正忠君的人，他能当好管理国家的大臣。以前，我杀死的官员中，没有一人能理解我的意图。"接着，国王又说："财主，你的女儿应该嫁给篾刀匠。"财主和篾刀匠告辞了国王，回家后，财主就张罗女儿和篾刀匠的婚事，请了朝廷中的官员，还请了许多地方上的头面人物和远近亲戚，婚事办得十分隆重热闹。

篾刀匠结婚后，仍和从前一样不敢怠慢，每天去拜见国王。国王年事已高，心想："朕没有儿子，只有一个女儿，如果朕不在人世，谁来继承王位？现在发现了篾刀匠这个有才干、品德好的人，应把他招来当朕的乘龙快婿，也好将王位让给他。"国王下令让占卜师选择良辰吉日,让公主与篾刀匠成婚,并为篾刀匠举行登基典礼。财主的女儿是篾刀匠的原配夫人,老国王也让她进宫。篾刀匠国王遂册封财主为大将军,辅助国王从政。不久,老国王就驾崩了。篾刀匠国王下令建寺庙,安葬国王的灵柩。篾刀匠国王统治着这个国家,使这个国家一直国泰民安。

篾刀匠国王回想起曾赏赐给自己篾刀的国王来。他下令准备大象和马匹,然后,吩咐大将军代管国事,照顾好两位王后,自己骑着大象,在随行人员的保护下,用三个月的时间,来到那位国王的皇宫外,让侍从报告要见国王。国王得知曾送给他魔绳、魔棍、魔锅和宝珠的男子来到,心中大喜。国王很想念这位小伙子,就让侍从传令:"国王有请。"篾刀匠国王在卫兵及随行人员的簇拥下进了皇宫。国王见了篾刀匠几乎认不出来了,因为变化太大了。国王设盛大宴会招待篾刀匠国王,并想:"自己老了,没有儿子继承王位,一个女儿还未招驸马,既然昔日的篾刀匠现已当了国王,朕就把女儿嫁给他。"便安排篾刀匠国王和女儿结婚,并让篾刀匠国王继承王位,那几件宝物也物归原主。

篾刀匠国王从此统治着两个王国。他想念远在中国的哥哥,派人去把哥哥一家接回来,在这个国家当大将军,管理新接手的这个国家。然后,告别老国王、王后,回到原来的王国。不过,篾刀匠国王经常往返于两个国家之间,巡视国家的各项事务和深入了解民情。在篾刀匠国王的统治下,这两个国家都繁荣昌盛,人民安居乐业。

特明吉的故事

从前，一位妇女在怀孕时做了一个梦，梦见阴历十五月圆的晚上在摘椰子。占卜先生说，这妇人将生一个男孩。果然，在足月时，她生下一个男孩，取名为特明吉。

少年时代的特明吉十分聪明伶俐，他经常到财主家的院子里玩。一天，财主的妻子在高脚屋上面织布，不小心把梭子掉到地上。她转身看见在院子里玩的特明吉，就大声对他说："哎，阿吉，你把梭子给我捡起来。"特明吉回答说："让我捡梭子，那你给我什么呢？"财主的妻子："我给你扁米（柬埔寨的一种传统小吃，类似中国的爆米花）吃。"特明吉问："你给我多少？"财主的妻子说："我给你好多好多的扁米。"特明吉听了很高兴，就捡起梭子送到高脚屋上面，坐在那里等着要扁米。财主的妻子叫用人取出一小箩筐扁米给特明吉，可特明吉嫌少，还要更多。财主的妻子说："我上哪儿去搞更多的扁米给你？"特明吉哭个不停，吵着说："给得太少了，我不干！"特明吉的哭声越来越大，惊动了里屋的财主。财主走出来问:"阿吉,干吗哭得这么凶呀?"

财主的妻子解释说:"你瞧,我让他捡一下梭子,我给他扁米。现在,我给他一箩筐扁米,他还说不多。"财主说:"啊!孩子他妈,你不懂得阿吉的心。阿吉,来,我给你很多扁米。"特明吉听说给很多扁米,就跟着财主走。财主让一个用人把扁米分别放在箩筐和筛子里面,问特明吉:"阿吉,你比比看,哪个多?哪个少?"特明吉指着筛子说:"这个多。"然后将筛子里的扁米拿走。

刚一离开财主家,特明吉就开始琢磨起来:"不对呀,筛子里的扁米也不比箩筐里的多呀。哎呀,我上了财主的当了!不行,我得想办法报复他。"特明吉拿着扁米回到家,对母亲说:"妈妈,请求妈妈去财主家借钱,然后把我送到财主家当用人抵债。"母亲说:"妈妈的宝贝,妈妈从来没有欠财主的债,干吗让宝贝去当用人抵债呢?"特明吉告诉母亲关于财主给扁米的事情经过,最后说:"我去帮工是为了用智慧制伏财主。"母亲同意儿子的意见,就去财主家中借钱,并说无钱还债,只有把儿子送去当用人。这样,特明吉就留在财主家干活了。

第二天,财主要骑马去宫廷上朝,就派特明吉背着布袋跟随其后。特明吉跟不上,财主就责怪他说:"阿吉,你为什么总是跟不上我呢?"特明吉回答说:"因为我怕布袋里面的东西掉出来,所以跑不快。"财主吩咐道:"今后,你只要能跟得上我,即使布袋里的东西掉出来也罢。"不久,当财主骑马外出时,特明吉就紧紧地跟在后面,故意把布袋的口敞开,里面的东西全都掉出来,只剩下一个槟榔空盒。当财主来到王宫,下马进去和文武百官商谈时,就唤用人:"阿吉,把我的槟榔拿过来吃一口。"特明吉连忙把布袋递给财主,然后退下到自己的位子上。财主接过布袋一看,里面空空的,什么也没有,当众出了丑,可又不便在大庭广众之下责备特明吉。回到家中,财主问:"阿吉,你为什么把布袋里的东西都丢光了,还不捡起来?"特明吉回答道:"我怕跟不上老爷,因为上次我没跟上,您吩咐过,只要跟上,不用管掉什么东西。"财主听了特明吉的解释,也找不出什么理由教训他,又重新吩咐道:"我看这样吧!今后无论掉了什么东西,都一定要捡起来。如果不照我的话做,我就打断你的脊梁骨。"特明吉点头,表示记住了财主的话。第二天,财主照例要去朝拜国王。财主骑着马在前面走,特明吉背着布袋在后面跟,眼睛一直盯着地上,看是否有掉的东西。走不多远,马边走边拉屎,特明吉捡起来,塞了满满的一袋子。财主来到王宫,与官员们坐下来商谈,财主叫阿吉把布袋拿给他。财主打开布袋,准备吃槟榔时,看见里面塞满了马粪,在众官员面前出尽了洋相,抬不起头来。回到家中,财主对特明吉说:"从今天起,你不要再陪我去上朝了,你这种人只配看菜园子,听见没有?"特明吉服从地答道:"是,老爷!"

　　特明吉被财主派去看菜园。牛把园子里的菜吃光了,他也不去把牛轰走。财主到菜园来看,发现菜被牛吃得精光,只剩下菜根,大为恼怒,呵斥道:"阿吉,你到哪里去玩儿了? 让牛把菜都吃光了,你也不管。"特明吉又回答道:"老爷,我之所以没有把牛赶走,那是因为您没有吩咐我呀! 您只是说让我看园子,现在您瞧,菜园子仍然好好的,也没有丢。"财主听特明吉这样说,心中更火了。财主想,这家伙真坏,让他干什么都干不好,只有让他干家务活。财主大声说:"阿吉,你不用看菜园了,就留在我家里当用人吧!"

一天上午,财主在外与村里的官员谈论事情。财主的妻子对特明吉说:"阿吉,你去叫老爷回家吃饭。"特明吉走出家后,一路边走边大声喊:"老爷,天不早了,该回家吃饭了!"一遍一遍地大声重复着。财主从老远就听到,觉得很丢面子。回家后,财主责备道:"阿吉,为什么要这么大声喊叫? 走近点轻轻对我说难道不成吗?"特明吉为自己开脱说:"不是我自己来叫您的,是您的太太让我来叫您的!"财主说:"今后,如果是我太太让你来叫我,你就先走近,然后再小声地告诉我,别从老远就开始喊,让别人听见不好。下次再这样大喊大叫,我一定拿鞭子抽你。"特明吉记住财主的话。不久,财主外出,家中突然失火。财主的妻子吓坏了,叫特明吉去告诉老爷,让老爷速归。特明吉连忙跑去叫财主,一直走到财主面前,嘴巴才一张一合地轻声细语地对财主说:"老爷,家里着火了,请您快回家!"财主因特明吉的声音太小而没有听见,只见特明吉急急忙忙的样子,心里纳闷,就大声问特明吉:"阿吉,你干吗说话那么小声，有什么事说大声点，让我听见。"特明吉仍然小声说，最后走到财主身边，贴近财主的耳朵说："老爷，您家着火了！"财主听了急得双脚直跳，大声喊道："你快点跑回去，把家里轻的细软物品先抢出来。"特明吉按财主的吩咐迅速跑回家，从火中救出了鸡笼子、空油桶等堆在院子中央。财主边跑边想："大概阿吉从屋里抢救出来不少东西，因为他跑得快。"财主喊道："阿吉，你从火中抢出些什么东西来啦？让我看看！"特明吉回答说："我拿出来不少轻的东西，等我送给老爷看。"特明吉飞快地抓起几个鸡笼子和空油桶给财主看。财主一见这些东西，火冒三丈，厉声骂道："阿吉，你为什么不把值钱的东西抢出来，反而拿鸡笼、油桶之类无用的东西。"特明吉回答说："因为老爷您说让我从家里拿些轻的东西，我想，只有鸡笼、空油桶是最轻的了。"财主气急败坏，满脸通红，威胁道："阿吉，你快去把放火烧房子的人给我抓起来，听见吗？"特明吉冲进厨房，把烧饭的炉灶拆下搬出来给财主说："老爷，家里着火就是因为这炉灶里面有火！"财主见了，强压怒火，心想："我如果继续让他在家里当用人，非得把我这个家败光了不可。要么我把他献给国王，让国王去对付他。"财主对特明吉说："阿吉，明天我要把你献给国王。"特明吉听后，默不作声。

第二天早上，财主穿戴整齐后就带着特明吉去上朝。一进皇宫，财主就叩拜国王说："陛下，我有一名聪明绝顶的用人，至今没有谁能胜过他的智慧。现在我把他呈献给国王。"国王传下圣旨，让特明吉进宫。国王问特明吉："阿吉，你会撒谎吗？朕听说你很擅长说谎，你说一个谎给朕听听。"特明吉禀告国王："请陛下派一名太监去我家中取谎言手册。"国王立即派一名太监去特明吉家中去取，那太监出宫后一刻也不敢停留，迅速跑到特明吉家，问他母亲道："你家中的谎言手册在哪里？是特明吉让我来取的。"特明吉的母亲回答道："没有呀！"太监回宫禀报国王："我去问特明吉的母亲，她说没有什么谎言手册。"国王对特明吉说："阿吉，你让朕派太监去你家取谎言手册，为什么你母亲却说没有呢？这是怎么回事？"特明吉说："陛下，这正是我说的谎呀！"国王笑了，无言以对。

一天，国王想测试一下特明吉的智力到底怎么样。国王下令让几个官员每人拿一个鸡蛋潜入水中，露出水面时，要学母鸡下蛋的叫声，并将鸡蛋交给国王，而没有让特明吉知道这件事。国王让官员们当着特明吉的面做了这件事。国王说阿吉，这次轮到你潜水了，上来时也要像官员们一样交给我一个鸡蛋。特明吉潜水下去，露出头来时，学着公鸡的叫声。国王问："鸡蛋在哪里？"特明吉回答说："陛下，我是公鸡，不会下蛋，而官员们都是母鸡，他们才下蛋。"国王这时才正眼看了看身前的孩子，问："阿吉，今年你多大啦？"特明吉回答说："我今年十一岁了。"国王又想出一个办法，以便与特明吉斗智。国王布置所有的官员，三天以后跟国王去打猎，国王和官员们都骑马，而临到出发时，国王才命令："阿吉，今天你也跟我们一起去森林里玩,朕给你一头大象运些吃的东西,你要跟上我们,不许晚到。如果去晚了,朕可要治你的罪。"特明吉骑的象是一头跛足的老象,根本走不快。特明吉在大象身上装上船帆,手中还拿着一根竹竿使劲撑。国王到达目的地后,不见特明吉的影子,遂派人去察看。过了好一会儿,特明吉才骑着大象到来。国王说:"你这么晚才到,朕有言在先,这回该治你的罪了。"特明吉说:"陛下,来晚了不是我的错,因为这是一头年老体衰的象,还是跛脚,根本走不快。我已经尽量想办法,装上帆,还用撑竿,但仍追不上陛下,请陛下明察。"国王听后,也没有抓到什么错,又继续在林中打猎。

不久,国王借出行之机,再次考察特明吉的智力。国王事先命令官员备好马随行,但这次行动要对特明吉保密,等出发时才告诉他,让他找不到马,看他如何办。出发的时间到了,国王告诉特明吉:"你去找匹马陪朕外出。"说罢,国王在官员的簇拥下就出发了,特明吉一时找不到马,看见有人正在下棋,就抓起一个棋子"马"跟在后面跑。这次特明吉又晚到。国王问:"阿吉,朕叫你骑马陪我出来,你却是走来的,朕得惩罚你。"特明吉亮出手中的棋子"马"给国王看,并禀报国王:"这是我骑的马。"国王看了,只好默认。回到王宫,国王重新安排特明吉在王宫扫地。

两个大臣的故事

古时候,在一个王国的宫廷里,有两个权力很大的大臣,一个是司法大臣,一个是国防大臣。国防大臣是个官迷,他很想当司法大臣,整天想找司法大臣的碴儿,好让国王贬了司法大臣,自己取而代之。

一天,有一个重罪犯人被法庭判处了死刑。犯人得知第二天上午就要被斩首,心里很难受,哭诉道:"明天上午我就要被处死了,死亡是人人都无法逃避的事情。如果老死或病死,也倒没有什么可遗憾的,只可惜我所掌握的一门学问还未来得及施展,如果明天死了,这门学问也就失传了,这世上就没有任何人懂了。"这时,牢房的一个看守听到犯人的话,就问他:"你说可惜你的学问,指的是什么? 说给我听听。"犯人告诉他说:"我懂得动物的语言,这是一种特殊的学问,除了我,人世间没有谁会。我死得太突然了,连个徒弟也没教。"看守将这犯人的情况报告了司法大臣。司法大臣想,这知识的确非同一般,值得学习,便让看守把犯人押来询问:

"你说的话当真?"犯人回答:"千真万确。"司法大臣问:"如果我向你学习这门知识,行不行? 需要花多少钱?"犯人说:"大人要学习当然可以,不过学习的地方一定得在寺庙的佛堂里,面对佛像。至于费用并不太多,只需五炷香、五碟爆米花和五束花就行了。请大人快快备齐这些物品,我好教你,到明天上午,我就要被砍头了。"司法大臣让看守把犯人带到寺庙,一切照犯人说的布置好,没有让外人知道。在佛像前,犯人让司法大臣和他一起跪下,犯人合十呼唤道:"功德无量的佛祖啊! 拯救世间万物生灵的佛祖啊! 明天我将被送上断头台,我非常害怕,请佛祖让司法大臣饶我一命吧!"拜完佛祖后,犯人转身对司法大臣叩头说:"大人,请宽恕我吧,其实我并不会动物的语言,是害怕丧命,才骗大人来寺庙的。刚才,我们供了香,请佛祖原谅我了。现在,我求大人也饶了我吧! 俗话说,救人一命,胜造七级浮屠。大人免我一死,你就会功德无量。"司法大臣听犯人这么一说,心想,自己上了犯人的当,就对看守说:"我们被犯人骗了,现在他已求过佛祖,如果我们处死他,岂不落得个与佛祖作对、不讲仁慈的罪名吗? 我们还是悄悄把他放了,让他改过自新,重新做人为好。但此事千万不可声张出去,一定要严守秘密。"看守表示同意。司法大臣对犯人说:"今天,我把你释放了,但你得远离京都去外地谋生,走得越远越好。出去后,如果有人问你,千万不能说是我放了你,而要说是砸开铁链从牢房里逃出来的。往后再也不要干过去那种伤天害理的事了。"犯人拜谢了佛像，又拜别了司法大臣和看守，就往外地逃了，隐姓埋名度余生。司法大臣回去后，宣扬有犯人逃跑了，以掩人耳目。

纸是包不住火的。过了很久，此事不知怎么让国防大臣得知，他幸灾乐祸，这下子可有机会让国王罢免司法大臣了，司法大臣的位置该是他的了。一天，国王正在给僧侣布施斋饭，突然有一群乌鸦呱呱地在皇宫院子里飞来飞去，有的停在树枝上，有的停在寺庙、皇宫的屋顶上。国王的武官说："这些乌鸦不知为什么今天在这里如此喧闹，我们怎么懂得它们的语言呢？"这时，国防大臣也在场，就趁机禀告国王说："在我们国家没有谁能懂得动物的语言。不过，我听说司法大臣懂动物的语言，因为他曾向一个死囚学习过，拜死囚为师，后来，司法大臣把那个死囚给放了。请国王派人叫他来问个明白。"国王听后，便立即差人去叫司法大臣进宫。司法大臣先向国王的侍从打听，国王是听谁说的。侍从说："是国防大臣禀报国王的。"司法大臣连忙收拾好，和侍从一道前去拜见国王。待司法大臣礼毕坐定，国王问他："听国防大臣说，你曾向一个死囚学过动物的语言，随后把那死囚放了。现在，一群乌鸦在院子里呱呱乱叫，不知是什么原因，既然你懂得动物的语言，你就听听看，它们到底说些什么？"司法大臣承认："我的确会听动物的语言。"他佯装侧耳听乌鸦的叫声，这边听一会儿，那边听一会儿。当乌鸦停止叫时，他禀告国王说："停在树上的乌鸦是一群外地飞来的乌鸦，停在寺庙顶上的乌鸦是一群京城里的乌鸦。"国王又问：

"那么，外地的乌鸦说些什么？京城里的乌鸦又说些什么？"司法大臣说："外地乌鸦议论纷纷，非常气愤。往年，人们在丰收后总是给僧侣送斋饭，余下的食品也给乌鸦和其他动物分享，各地区的老百姓过着太平安宁的好日子，鸟兽也沾光。而今年则与往年不同，国防大臣派出军队到处去征收公粮，大大超出往年规定的数量，就连只收到四五担谷子的农家，他们也要交纳公粮，以至于连稻谷的种子都被征走；另外只收获五六十担的农家，官兵就以势压人，强迫征收九十至一百担。百姓怨声载道，纷纷抗议。百姓吃都不够，哪里还有余粮施斋过节？因此，外地的乌鸦相继进城来找城里的亲朋好友诉苦。对于国防大臣的横征暴敛、搜刮百姓财富的行径，请国王陛下明察。"

国王听了司法大臣的话后，对国防大臣欺诈搜刮百姓的恶行大为恼怒，当即撤去他国防大臣的职务，并委任司法大臣兼任国防大臣，统率军队，辅佐国王管理朝政。

房主和借宿者的故事

一个男子刚建好一座新的住房,这时有一个过路人请求在此借宿。好心的房主便同意过路人的请求。这样,两人就同住在这房子里。借宿者有心霸占这座房子,暗暗记下了这房子有多少柱子、房梁、门闩,哪些地方有接缝,哪些地方无接缝等等。住了一段时间后,房主就对借宿者说:"你在我家借宿已很久了,你应该回去了。我要去接我的父母兄弟来住。"借宿者回答说:"这房子原本是我的,怎么你反而说是你的呢?"为此,两人争吵不休。他们一同去找法官评理。房主说:"这房子是我的,刚一建好,他就来借住,已住了一个月了,他还不愿意离开。我提醒他,让他回去,他反而说这房是他的,企图霸占我的房。"借宿者说:"这房子是我的,刚一建好,他就来借住。一个月过去了,他还不想离开。他要与我争这房子。既然说这房子是他的,那他知不知道,建房用了多少柱子、房梁、门闩呢?"房主对法官说:"我没有数过,但房子千真万确是我的。"法官又问借宿者:"那你知道这房子有多少柱子、房梁、门闩呢?"由于借宿者事先早有准备,因此就不假思索地回答了。法官以此为凭,判借宿者胜诉,说这房子归借宿者。但房主不服,法官遂带他们二人去见国王。

国王听了他们的陈述后,心想:为什么这人把房子的建筑构件记得如此清楚? 国王说:"你把房子的建筑构件记得如此精确,这固然很好。不过,我再问你,房子北边柱子的地基用的是什么材料?"借宿者答道:"没有用什么材料。"国王又问房主同样的问题。房主回答:"地基的西北角是湿软的水洼地,为了防止下陷,我在那里垫了一段木头。"国王吩咐刨开西北角柱子下面的地方,察看究竟是否垫有木头。果然,事实正如房主说的一样。国王对房主说:"你记住房子下面的东西,这说明你是房子真正的主人。而他只是一个借宿者,他只记住看得见的构件,对地基的情况则一无所知。"最后,国王把房子判给了房主,同时当场揭穿了那个借宿者是个地地道道的骗子。

挖木薯的故事

古时候,有一个十四岁的女孩。一天,她母亲让她去林子里挖木薯。她拿了铲子和筐子走进树林,看见一个白蚁堆,就在白蚁堆脚下挖木薯。白蚁堆旁边有一个很深的洞。她刚挖了一会,突然她的铲子掉进了洞里,一时她不知如何是好,就自言自语道:"谁要是帮我把小铲子拿出来,我会记住他的恩情,并报答他。"

这时,有一只头上长疮的老虎走了过来,疮口上有蛆在蠕动,还有一大群苍蝇围在疮口上飞来飞去,很让人恶心。女孩一见这只老虎,心里又怕又恶心,不由自主地后退了两步。老虎对女孩说:"我可以帮你把铲子取出来。我不要你报答我什么,只求你帮我把疮口上的蛆弄掉就行了。"女孩答道:"只要你肯帮我找回铲子,我答应你。"于是,老虎把一只前脚伸进洞里,抓出铲子递给女孩,然后让女孩清洁它头上的疮口。女孩用小树枝把老虎头上疮口中的蛆挑开。老虎问女孩:"小姑娘,我的疮臭还是香?"女孩为了报答老虎的恩情,就故意回答说:"不臭。"实际上那疮很臭,但当老虎问她时，她总是回答说很香。女孩挑完了老虎疮口中的蛆，老虎不再疼了，也不再痒了。老虎对女孩说："你把筐子给我，我给你装满木薯。"女孩把筐子递给老虎。老虎在筐里放满了金块、银块，然后包得严严实实的，交给女孩，并嘱咐说："你把这筐东西带回家，叫兄弟姐妹也来，关上门后再打开。"女孩告别了老虎，回到家后，招呼兄弟姐妹都来，然后关上门，打开筐子一看，发现里面全部是金块、银块。女孩喜出望外，将这些金块银块分给大家。

时间一长，这件事情被住在附近的一个妇人知道了。她正好也有一个女儿，也很想得到金子和银子，就责怪女儿道："你瞧人家的孩子，去挖木薯，得到的全是金块、银块，还分给兄弟姐妹。你也经常去挖木薯，可什么也没得到。"第二天，这个妇人也让女儿去林子里挖木薯。女孩来到白蚁堆旁，也模仿邻居的女孩，故意把铲子丢进洞里，并且大声喊道："谁要是帮我把小铲拿出来，我会记住他的恩情，并报答他。"老虎听见后，就帮助她从洞里拿出了铲子，并要女孩给它挑疮口上的蛆。老虎问："小姑娘，我的疮臭还是香？"女孩答道："很臭。"老虎说："你把筐子拿来，我给你装金块和银块。"女孩把筐子递给老虎。老虎悄悄地抓了很多眼镜蛇装满了筐子，然后把筐子包好，交给女孩，并嘱咐说："你拿回家，叫兄弟姐妹也来，关上门后再打开。"女孩把筐子拿回家，告诉了母亲。母亲眉开眼笑，立即关上门，打开筐子，不料眼镜蛇迅速爬出来，把女孩的母亲当场咬死了。

父子救鳄鱼的故事

很久很久以前,有父子二人赶着牛车去外面做生意。他们路过一片被山火烧了的森林,路边还躺着一条瘦骨嶙峋的鳄鱼,四条腿都被火烧伤,无法去觅食,眼看就要断气了。父子二人怜悯这条鳄鱼,就砍了些树枝把断了腿的鳄鱼固定住,抬上牛车,继续赶路。来到一个环境幽静的湖边,父子二人便把鳄鱼放入湖中。鳄鱼喝了水,又吃了些湖里的鱼虾,身上觉得有劲了,就想要吃那儿子。儿子央求道:"请不要吃我,我是你的救命恩人呀!"鳄鱼说:"还说是我的恩人,就是你把我捆绑起来,让我难受得要死。今天我一定要吃你。"儿子说:"且慢,我们先去找有智慧的人评评理再说。"

儿子和鳄鱼一块儿去拜见国王,他们把各自的观点申诉了一遍。鳄鱼说:"我正静静地躺在森林边休息,这人突然把我捆绑起来,放在车上,折腾得够呛,所以我该吃他。"儿子说:"这条鳄鱼被山火烧伤,四肢动弹不得,我出于怜悯之心,才用树枝把它固定住,把它运到湖边放入水中。这条忘恩负义的鳄鱼,在喝水之后反而想吃我。我讲的全是实话,不信,国王可以察看它的四条腿。请国王为我做主。"国王听了他们各自的陈述,知道这条鳄鱼是个忘恩负义的家伙。国王对那儿子说:"你必须把鳄鱼的四条腿捆起来,恢复原来的样子,让朕亲自看到,才能做出最后公正的判断。"儿子照国王的命令做,重新将鳄鱼的四肢用树枝捆起来。这时,国王对那儿子说:"你把它领回家去吧!今后不可再对凶猛的动物施恩。古人教训我们:不要相信有毒和有利齿的动物。"儿子对国王的判决很满意,叩谢皇恩后,高高兴兴地拉着鳄鱼回家了。他已盘算好了,这鳄鱼肉可以吃,鳄鱼皮还能卖个好价钱呢!

三个财主的故事

古时候,在一个县城里住着三个财主。他们的家分别位于县城的东面、西面和两者之间。东面、西面两家财主各有一个儿子,家住在中间的财主有一个非常漂亮的女儿。西面的财主就派人送彩礼给住中间的财主,想娶他的女儿做儿媳。正好,送彩礼的那天,住中间的财主外出有事不在家。财主老婆见西面的财主送彩礼来,便热情接待,并表示愿意把女儿嫁给他家的儿子。不久,东面的财主也派人送彩礼,想娶住中间的财主家的女儿做儿媳。不巧,送彩礼的那天,中间的财主在家,而财主的老婆外出办事去了。财主答应把女儿嫁给东面财主家的儿子。而中间财主与他的老婆在接受彩礼的事情上没有相互通气。

东面财主和西面财主两家几乎同时都委托媒人操办婚事、准备婚宴等,突然两家在女方家相遇,并争吵起来。西面财主的儿子说:"她是我的妻子,她母亲亲口答应的。"东面财主的儿子说:"她是我的妻子,她父亲亲口答应的。"东、西两家财主就去找法官评理,究竟中间财主的女儿应该嫁给谁?法官无法判这案子,便带着他们去禀报国王。国王问:"什么原因使你们两家到朕这里告状?"东面财主说:"我派人去中间财主家求婚,但当时没遇见女方母亲,只有女方父亲在家。父亲答应将女儿许配给我的儿子。我便准备办婚事。第二次去女方家时碰到西面财主也去女方家,这才发生了争执。"接着,国王又问西面财主。西面财主说:"我派人去中间财主家求婚,但当时没遇见女方父亲,只有女方母亲在家,母亲答应将女儿许配给我的儿子。我便准备办婚事。第二次去女方家时碰到东面财主也去女方家,就发生了这场争执。"国王说:"应该按母亲答应的办,母亲照料孩子比父亲更周到,更仔细,更能理解女儿的心,应该将女儿嫁给西面财主家的儿子。"之后,国王又说了一些调解东面、西面两个财主的话,使他们各自心悦诚服。

四句谚语的故事

饥饿时要忍耐，

贫穷时要勤奋，

对财物不贪心，

害怕时不远离。

从前，有一个叫冈姆少特的男子，二十岁时父母给他娶了妻。婚后另立门户，夫妻俩接受了双方父母分给的微薄的财产，加上他们省吃俭用、辛勤耕作，日子还算过得去。不久，家底花光，日子就难熬了，经常是吃了上顿没下顿，过着朝不保夕的生活。冈姆少特心中十分焦急。

一天，他坐在家门前沉思："我为什么穷到今天这种地步？"后来，他意识到是因为没有学问才受穷的。以前常听老人们说，谁有学问，谁就会广交朋友，如果朋友多了，他就会富裕起来。所以，自己应该去寺庙寻求知识才对，即使将来成不了名人，也总可以过上富裕的日子。他便把自己的想法告诉了妻子。妻子听后很赞成，决定支持丈夫去寺庙求学，并为他准备路上所需的物品。临行前，冈姆少特安慰妻子道："我学成后，马上就回来。你要照顾好孩子。我最多去五年时间。如果超过五年不见我回来，那你就另嫁给一个可以信赖的男子吧！"

冈姆少特告别了妻儿，去寺庙求学。在一座寺庙中，他遇到一位师父。师父问他为何而来，他答道："我长途跋涉来此，是为了寻求知识。请接受学生一拜。"师父见他十分有礼，话语真诚，便收他为徒。这位师父精通佛经，教导过来自四面八方的学生，被喻为德萨巴茂克大师。大师对徒弟说："你必须学习四年才能学成。"徒弟满口应允。

自从冈姆少特来到师父这里后，就天天盼着学知识。可是，一个月又一个月过去了，直到满四年，也不见师父教什么。冈姆少特想："规定的四年时间已到了，什么也没有学到，那我还待在这里干什么？还不如回家谋生养活老婆孩子呢！"他便向师父说了自己想回家的打算，并决定明天就动身。师父盼咐道："你回去后，要牢牢记住四句话，千万不要忘记。这四句话是：饥饿时要忍耐，贫穷时要勤奋，对财物不贪心，害怕时不远离。"接着，师父叮嘱说："你一定要记住，切莫忘了。这就是我教你的学问，它将使你终身受益。"冈姆少特暗想：天哪！就这四句话太容易了。他反复背诵着师父的教诲。师父问道："记住了吗？"冈姆少特答："记住了！"师父说：

"那好,祝你明天返回故乡一路平安!"

第二天一大早,冈姆少特向师父辞行。师父向他祝福,并再次叮嘱:"别忘了我教你的四句话!"告别师父,冈姆少特穿森林、过溪流,途中二十天未见一户人家。带的干粮也吃完了,他仍然不停地往前走。不久,他遇到一座精美的建筑。他想,谁家房子这么漂亮?!他很想进去见见这房子的主人,可四下张望,却不见一个人。他转念一想,这可能是妖怪的住处吧!想到这里,他准备转身躲开,可师父的嘱咐回响在耳际:"害怕时不远离。"他便蹑手蹑脚地向屋内走去。只见室内摆设华丽,桌子上还放了很多香喷喷的菜肴。他又饥又渴,真想饱餐一顿,可他又想起了师父曾说过的话:"饥饿时要忍耐。"因此,他继续忍受饥渴。正在这时,突然听得外面一声巨响,犹如霹雳,几乎震塌了这座房子。冈姆少特吓得心惊胆战,一时不知该往哪儿躲。他满屋子乱转,看见房梁上的阁楼空着,就迅速爬上去藏起来,并仔细观察动静。不一会儿,从门外走进来一个高大的妖怪,它把一根绳子和一根棍子往阁楼上一扔,躲在阁楼上的冈姆少特吓得丧魂落魄,不敢动弹。当妖怪看见饭菜时,津津有味地吃起来。冈姆少特想试试绳子和棍子的魔力,就轻轻说道:"绳子去捆它,棍子去打它!"绳子立刻把妖怪捆绑起来,棍子也狠狠地朝妖怪打去,妖怪被打得死去活来,向冈姆少特求饶道:"别打我,别打我!我送您一条魔巾。"冈姆少特让棍子停住,让绳子松开些,才从阁楼上走下来,对妖怪说:"从今以后,不许你再欺压世上的人们，如果今后还看见你干坏事，那我就要你的命！"妖怪发誓不再害人，并送给他一条魔巾。冈姆少特就饶恕了妖怪。

妖怪走后，冈姆少特对手中的魔巾说道："去给我弄些饭菜来。"一会儿，他看见美味的食品摆了一大桌，于是，他饱餐了一顿，然后又继续往前走。走了很多天，来到一个村庄，遇到五百名商人，每个商人都有一百辆车子的货物。冈姆少特向商人讨水喝，然后他问商人："你们为什么不在此暂时停一下，也好让牛喝水吃草。"商人说："先生啊，你可不知道，此地不可久留。这里有一个女妖，它威胁我们不要在这里停留。"冈姆少特问道："那女妖现在何处？可以带我去找它吗？"商人们异口同声地说："先生啊，您千万别去！那女妖十分凶恶，您还是不去找它为好。"由于冈姆少特执意要去，几个商人便把他领到女妖的住所。姆少特径直往里走，毫无畏惧。女妖见有人向它走来，又玩弄它那一套吓唬人的伎俩。可冈姆少特用魔绳把它捆住，用魔棍狠狠地打它。这时，女妖痛得无法忍受，只得求饶，愿意答应冈姆少特提出的任何条件。冈姆少特严厉地说："我可以放了你，但今后不许你再到此地胡作非为。"女妖连连跪拜，慌忙逃走了。

商人们对冈姆少特擒妖镇魔的本领赞叹不已。大家便合计说："看这位先生本事真大，我们应该送给他一些珍贵的东西作为礼品，因为他搭救了我们。"商人们便纷纷取出自己的货物，以表示对冈姆少特的感激之情。

　　而冈姆少特想，师父曾对自己说过，对财物不要贪心，便婉言谢绝道："大家送东西给我，我很高兴，但我不能收下，请你们各自拿回去经商吧！我该向诸位告辞了，我离家已四年多了，还不知家中父母妻儿的情况呢！"商人们请他留下姓名、住址，冈姆少特一一作答，然后继续踏上归途。

　　一家人见到冈姆少特回来都很高兴，不过冈姆少特心里感到惭愧，离家四年多，什么也没有学到，只得到师父的四句话。邻里乡亲见他空手而归，便对他冷嘲热讽，这使冈姆少特更加感到无地自容。

　　那些商人送货回到故乡后，时时不忘路途上的这段奇异的经历，常说："我们应该报答他。当时，我们送东西给他，他不肯收。现在，我们去他家做客，顺便捎些礼物，这次兴许他会收下。"商定之后，大家把礼物放在牛车、马车或大象背上，向恩人的家乡走去。大约经过九天的长途跋涉，他们向村民打听冈姆少特的家住哪儿，人家指着一幢矮小的茅草房说，那就是他的家。商人们急忙朝那幢房子跑去。快走近冈姆少特的家时，遇到一个男子，商人又问："刚刚学本领回乡的冈姆少特先生的家是在这儿吗?"那人答道："还叫他先生，他呀，穷得连衣服、裤子都穿不上，老婆孩子连饭都吃不上。"商人确认这是恩人的家后，急于见到恩人，便一齐拥进茅草房，见到冈姆少特后都跪拜在地。冈姆少特客气地接待他们。邻里乡亲见到此情此景，感到很纳闷儿，难道这些商人都疯了？还向这个靠乞讨过日子的穷人跪拜。

商人们和冈姆少特寒暄一阵之后，便问："房屋周围的一片地是属于您的吗？"冈姆少特答道："这地是人家的，我只是在别人的房基地上盖了这么一个小棚子而已。"商人们听后，决定买下这方圆几公顷的土地，并修建一幢新的住房，外加粮仓、牛栏，还打算在四周建起牢固的围墙。没过多久，冈姆少特一家便搬进了崭新舒适的瓦房，用商人们带来的礼物把房子装饰得富丽堂皇。从此，商人们和冈姆少特成为亲密的朋友。

这样，冈姆少特由穷变富的故事很快传遍了全城、全国。国王得知此事，便下令让冈姆少特前去谒见。国王在详细地询问了事情的经过后，便决定让冈姆少特留在朝廷当官。

四个不孝之子的故事

从前,有一个商人,家里生活还算富裕。他有四个儿子,都已长成小伙子了。不久,商人的妻子去世,他没有再续弦,跟着儿子们一起过。由于没有家庭主妇,家中琐碎小事和缝补、烹饪都很困难,商人便拿出一份家产帮助大儿子成亲。过了一年,商人又拿出一份家产给二儿子成亲。第三年、第四年照例分别为第三个、第四个儿子成亲。这样,家中值钱的东西都分光了,只剩下一幢空房子。

商人之所以把家中的财产全部给了四个儿子,是因为他想,不管理家产,图个清净,日后分别由四个儿子赡养自己,直到老死。然而,他完全想错了。记得当初四个儿子都未成家时,一家人和睦相处,日子过得很温馨,父子之间、兄弟之间从来没有闹过矛盾。可是,当儿子们成家之后,都只顾过自家的小日子,大家很难相处,不是这儿不合,就是那儿不对。后来,四个儿子都各自建房搬出去住了,家中就剩下孤老头子一个人了。

在四个儿子刚刚搬走时,他们轮流为老父亲送点吃的、穿的。等各家都有了小孩,儿子又忙于外出做生意,儿媳们给公公送饭的次数就日渐稀少,四个儿媳互相推诿,有时孤老头甚至挨饿。当儿子们从外面谋生归来,见父亲落到如此惨状,便责备妻子一番,有的妻子推说孩子病了,有的借口走亲戚去了等等,总之,丈夫都听妻子的。这样,四个儿子也就不去理会了。后来,老人没吃没穿,沦落到要饭的地步,他把自己的房子卖了,也不值几个钱。

商人的邻居中,有一个心地善良的年轻人,他懂得法典方面的知识,看到老人的不幸遭遇,心中愤愤不平,也很同情他。一天,年轻人问老人:"老大爷,我记得您家过去生活得很富裕,您还曾接济过我父母,怎么如今落得这步田地? 您的四个儿子为什么不照顾您呢? 您过去的积蓄也可拿点出来买些吃的、用的呀!"老人回答道:"年轻人,实不相瞒,过去我们家确实过得不错。由于我太心疼孩子,先后把自己的财产都给他们分光了,以为他们会照顾我。现在四个儿子都有妻室儿女,我这个孤老头子又穷又有病,他们都不管我了,完全被老婆牵着鼻子走了。我的苦只有自己知道,经常是吃了上顿没下顿,我这把年纪的人到哪里去找活儿干? 连走路都走不动了,现在我只好等死了。"年轻人感叹道:"哎呀,您的儿子这么狠心呀! 既然这样,老大爷您不用发愁,我有办法让您过上从前那种快乐舒服的日子,不过您得照我说的去做。您找一个口小的瓦罐,里面装满大小便,用一块布把罐口封严实,然后埋在房柱附近的地下。逢人便说,你还藏着一罐金子没有分给儿子,等观察一段,看哪个儿子心好,知道父亲的养育之恩,到临终时就把那罐金子交给他。最近这几个月,您不用再去讨饭,您的饭菜会有人操办的。"老人照年轻人的话办,大约五天的时间,老人藏有一罐金子的话就传到四个儿子和四个儿媳的耳朵里。他们都很想得到老人的这笔财产,便竭力讨好老人,天天送水送饭又送水果,还送衣服水布,找医生把老人的病也治好了。老人安度晚年直到寿终正寝,儿子们按习俗给老人举行了安葬仪式。

老人去世后,四个儿子和儿媳们就去找老人埋的金子,担心分不均匀会发生争吵,便请了一位先生来当公证人。这个公证人听说有一瓦罐金子,居心不良,他也想得一份,而且要比其他人多些。公证人用一块布绕在头上,中间空着,像头顶着一个开口仰天的大锅,面朝东方,盘腿坐在平地上,双眼微闭。在让四兄弟开始挖宝藏之前,他再三嘱咐切忌打开瓦罐的盖,以免犯了忌,总之一切行动得听他指挥。挖出瓦罐后,他让老人的四个儿子抬着瓦罐放在他的包头布上,然后让他们各站一个方向,闭上眼睛,再打开瓦罐。里面的金子落到哪个方向,就归站在那个方向的人所有,而留在包头布上的金子应归公证人所有。四个媳妇也在一旁拎着篮子准备捡金子,同时还有不少邻里乡亲围观。不料,当瓦罐打开稍有一点倾斜,存积了多年的粪便从公证人头上流了下来,溅得到处都是,臭气熏天。公证人的脸、全身衣服都被弄脏了,在众人面前出了一次丑。围观者见情况不妙，各自跑回家去了。这时，公证人惊叹道：

"你们这四个浑小子、四个黑心肠的媳妇，把老爷子折腾得太凶了，老人的金子都变成了粪便，看把我弄成这副模样。你们全都是些坏人。"说完，公证人气冲冲地跳进河里，整整洗了一个钟头，才敢回家。这件丑事使公证人一辈子都抬不起头来。

金凤凰的故事

从前，有一个男子，死后变成了一只金凤凰。他生前的妻子和几个女儿靠帮人干活艰苦度日。金凤凰很同情她们，便飞到家中对妻子和女儿们说明自己的身世，并拔下一根羽毛给女儿，吩咐道："把这金羽毛拿到集市上卖掉，可以得到好多钱，等你们把钱花光了，我会再来的。"说完，金凤凰便告辞了妻子和女儿，飞回自己的住处去了。

自从这家人得到金羽毛后，再也不用去当用人了。她们省吃俭用，还积攒了一些钱，过上了好日子。而这只金凤凰定期飞来家中，给家人留下金羽毛。日子长了，妻子产生了贪婪之心，渴望很快成为富翁，就对女儿们说："孩子啊，我们之所以过上现在有吃有穿的富裕生活，就是因为金凤凰经常给我们留下羽毛。但是，我们哪能完全相信那动物呢？万一它不再来，我们就会断了财源，又会像过去那样没有钱花了。所以，我把你们找来，先商量好，等金凤凰下次再飞来时，我们一起抓住它，把它身上的羽毛全都拔光，然后卖掉，这样我们家今后就会富裕起来，不再害怕过穷日子了。"

女儿们听到母亲的吩咐后，都不同意母亲的想法，说道："我们虽是您的女儿，但也不能听从您。"

一天，金凤凰像往常一样飞来家中，妻子甜言蜜语地讨好金凤凰，当她靠近金凤凰时，出其不意地一把抓住金凤凰，狠心地按在地上，把它的羽毛一根一根地拔个精光。金凤凰疼痛难忍，使劲挣扎，终于逃出了家门。而当贪婪的妻子把拔下的羽毛拿到市场上去卖时，全都变成了普通的羽毛，谁也不愿意买。金凤凰回到原来的栖身之处，心里十分难过。当新羽毛长出来后，它再也不飞到家中接济亲人了。从此，这一家人又过着贫困的生活了。

阿奇塞的故事

有一个小伙子,村民们都叫他阿奇塞,其意为马粪小伙,因为他是一个马夫,给财主放五十匹马,住在河岸边的一个马厩里。小伙子勤劳朴实,他对佛主的安排很满意,无论是在郊外放马或者是干什么活,他口里总背诵着这句话:"我去放马,阿弥陀佛!"阿奇塞每天都把马粪收集起来,装在草袋里,日积月累,马粪袋堆得山样高。

一天,来了一个庞大的商船队,大约五百艘船。阿奇塞大声招呼说:"喂,到这儿来一下。"船靠岸后,他问船主:"你们是从哪里来的?"船主说:"来自中国。"阿奇塞又问:"你认识中国的皇帝吗?"船主答:"认识,我家就住在皇宫附近。"阿奇塞说:"中国皇帝是我的好朋友,我们交情很深。等你们回国时,我想拜托你们捎点东西给我的朋友。"船主答:"行!"随后,商船队去各地做生意。不久,船主来找阿奇塞,告诉他,很快就要回国了,捎什么东西就快装船。阿奇塞说:"我早已装在草袋里了,正等着你们来呢!"船主雇

了搬运工,将四百袋马粪装上船,告别了阿奇塞,回到中国。船靠岸后,船主去禀报皇帝说:"一位柬埔寨朋友托我们捎很多草袋包装的东西献给陛下。"皇帝疑惑不解地说:"朕从未去过柬埔寨,哪里会有什么朋友呢?"派人将东西卸下船来,堆放在皇宫前面的广场上,下令打开草袋,看看究竟是什么礼物。一看,每个草袋装的全是金块。皇帝非常高兴,想:"朕该用什么东西还礼呢?只有将绝代佳人十八岁的公主许配给他。"

皇帝让工匠制作一只大鼓,两面用上好的动物皮蒙上,有一边是活动的,可以开关。皇帝下令把公主和一条有魔力的手巾放在鼓里,派御使用船给阿奇塞送去。到了阿奇塞住的地方,御使高声喊:"小伙子,中国皇帝回送你一只鼓,让你敲着玩。"阿奇塞听后喜出望外。人们将鼓放在阿奇塞的马厩里,他一边敲着玩,一边说:"我的朋友对我真好,还送我这只大鼓给我玩。"

一天,阿奇塞敲了一会儿鼓就出去放马。藏在鼓里的公主悄悄出来给小伙子准备饭菜,之后又回到鼓里。阿奇塞回到家中,看见香喷喷的饭菜,非常奇怪,心里想:"是谁给我做的?现在我正饿得慌,管他呢,吃了再说。"如此这样过了好几天,阿奇塞想弄清楚究竟是谁在帮他做饭,就假装出去放马,躲在马厩外面偷看家中有什么动静。果然,看见一位漂亮无比的姑娘从大鼓中出来,用手巾一挥,立即出现一桌美味的饭菜。阿奇塞很吃惊,失声叫道:"阿弥陀佛!哪来如此漂亮的姑娘?"然后,撒腿就往外跑,姑娘在后面紧追。阿奇塞喊道："阿弥陀佛，佛祖保佑，让她不要追我，放了我吧！"姑娘说："我不会离开你的，你是我的丈夫呀。因为你送给父王许多金子，父王把我许配给你了。"阿奇塞说："不，我不能娶你。"公主一再解释，阿奇塞终于明白过来。公主牵着阿奇塞的手回到马厩。

当晚，公主默默许愿，将魔巾一抛，眼前立即出现一座宫殿，里面还有许多用人侍候他们于左右。此事轰动了周围的居民，人们跑去报告财主，说那个放马的小伙子建了一座宫殿。财主怀疑人们说的不真实，便亲自跑去看。果然在原来马厩处有一座华丽的宫殿。财主又把自己的所见所闻禀报了国王。国王得知此事，大为不悦，斥责道："是谁这么大胆，竟敢在朕的国家里建什么宫殿。我才是这个国家的国王。"国王召集文武百官商议，下令派兵去抓这一对夫妻。阿奇塞听说国王要派人来抓他们，吓得魂不附体。公主却说："不用怕，等我与他们作战。"公主用魔巾打败了国王派来的兵。从此，阿奇塞和公主在佛祖的保佑下登上王位，统治着这个国家。

母亲的嘱咐

从前，有一个婆罗门人去外地办一件急事。他的母亲劝他说："儿啊，你不要独自出远门，还是找个伴儿一起去吧!"婆罗门人回答道："母亲，一路上不会有危险的，请放心吧，我不害怕。这件要紧事我非得去办不可，现在我该出发了。"母亲见儿子态度如此坚决，就在家附近的水池中捉了一只虾给儿子，并且嘱咐道："孩子，如果你一定要去，母亲也不阻拦你。不过，你得把这只虾带在身边，可能对你有用。"婆罗门人双手接过母亲手中的虾，放在一只草编的盘子上，里面还装有樟脑，然后再装进一只钱袋里，便告别了母亲，踏上征途。婆罗门人出门时，火辣辣的太阳当头照，天气十分炎热。走了一阵后，他便在路旁的一棵大树下乘凉，不知不觉地就睡着了。

这时，从树洞里爬出来一条黑色的蛇。它爬到婆罗门人身边，闻到樟脑味后就转过头钻进钱袋将虾吃了下去，但虾螯卡在蛇的口中，蛇挣扎了一会儿就死去了。婆罗门人醒过来，瞥见身边有一条死蛇,口中卡着一只虾。这使他想到出门之前,母亲曾再三嘱咐,出门在外不要独自一人,应该有伴儿同行。正是由于自己听了母亲的话,带上母亲给自己的这只虾,才没有遭毒蛇咬,避免了一次灾难。

岳父择婿

古时候,在柬埔寨的一个普通农村居住着一对老夫妻,他们有一个长得非常漂亮的女儿。到了女儿婚嫁的年龄,许多小伙子到他们家去求亲。老大爷对前来求亲的人说:"谁能做到不骂人,谁就能娶我的女儿为妻。"

一天,一个英俊的小伙子到他们家来求亲,老大爷对他说:"噢,你不用着急,我可以答应你,只要你做到不骂人,按照我的吩咐给我干活我就把女儿嫁给你;如果你做不到,那就不能把我的女儿嫁给你。我先把丑话说在前头,免得你以后说我不讲道理。"小伙子说:"我接受你的一切吩咐,愿意干所有的活,保证做到不骂人。"老大爷高兴地说:"那好,明天一早你再来吧!"小伙子向老大爷告辞后便回家去了。

第二天一大早,小伙子来到老大爷家,老大爷让女儿给他准备早饭。当他吃完饭后,老大爷告诉他说:"你牵着牛去犁田,一直犁到田里的一块大石头哭出声来,你就收工把牛牵回来。"小伙子就牵着牛去犁田，从早上一直不停地犁到中午，也没有看见田里的那块大石头哭出声来。这时牛也没有力气了，小伙子也饿了，就忍不住地骂了起来："那个该死的老家伙，真不是个东西，这石头怎么会哭出声来呢？真是活见鬼了！"小伙子刚骂完，藏在大石头后面的老大爷立即冲出来对小伙子说："得了，你把犁头卸下来，赶紧回家去吧，因为你骂人了，我不能让你当我的女婿！"小伙子哑口无言，只好垂头丧气地回家去了。

　　过了几天，又有一个年轻人来老大爷家登门求亲，老大爷像上次一样对他提出了同样的要求。然而，这个年轻人很聪明，他自带干粮去犁地，中午肚子饿时，就停下来吃饭，然后一直犁到太阳偏西，仍然不见那块石头哭出声来。这时，牛已经累得走不动了，年轻人把牛赶到大石头旁边，对石头说："石头先生啊，请你可怜可怜这头牛吧，这牛已经累得快要倒下了！我倒没有什么，随身带了干粮，即使犁到天黑也没有关系，石头先生，你不可怜我，总该可怜这头牛吧！"但无论年轻人怎样央求，石头就是没有哭，年轻人也没张口骂，因为他知道老大爷就藏在石头后面。当年轻人反复央求后，老大爷看见牛确实走不动了，他心疼自己的牛就在石头后面装着大声哭了起来。年轻人便卸下犁，让牛休息吃草，然后回到老大爷家里。老大爷的女儿端出饭菜让年轻人吃。晚饭后，老大爷对年轻人说："今天你先回家去，明天早上再来。"年轻人便告辞回家。到了晚上，年轻人悄悄地来到老大爷家的高脚屋下面，偷听老两口商量第二天的安排,他听到老大爷对老太太说:"那个年轻人倒是做到不骂人,但是长相丑一些,与我们的女儿不般配,因此我们还得想办法让他骂人,以便把他辞退。"老太太想了一会儿说:"这好办,你钻进一只草袋,另一只草袋装上米,等明天早上那个小伙子来了,我就告诉他'老大爷上山砍柴去了',我让他把两袋米挑上山,由于担子很沉,他走了一阵子后,一生气就会骂人的,那时你在草袋里就会听见,这样就可以辞退他了。"老两口商定之后就睡觉了。而年轻人在高脚屋下听得真切,然后回家休息。

第二天早上,年轻人又来为老两口干活。老太太指着两个草袋对年轻人说:"老大爷已上山砍柴去了,他吩咐让你挑着这两袋米赶快跟着他上山去。"年轻人就挑起担子沿着山脚走,不一会就感觉很沉,他又挑着往山下走,一边走一边埋怨说:"我都饿了,又挑着这么重的担子,谁受得了啊!"说着,他挑着担子走平路,当来到一个有干草的地方,他把担子放在草丛中,就离开休息一会儿,然后把草袋周围的草点燃,火焰把藏在草袋里的老大爷烤得难以忍受,他在里面拼命挣扎,害怕自己会被烧死,但是又出不来。年轻人假装从远处跑过来大声叫道:"哟!谁点火烧我的米袋子,这四周都烧起了大火,我进不去啊!"说完,他仍站在外面看。当火烧着草袋时,年轻人才冲进火海把草袋子拖出来,火已把草袋烧着了,老大爷被烧伤了。年轻人打开系草袋子的绳子一看,老大爷的头发被烧掉,满身是伤,就惊叹道:"哟,是您在里面啊!为什么不早说呢？不然您被烧死了，剩下您老伴一个人怎么过日子呀！"老大爷自认倒霉，有苦难言，也不知该拿他怎么办。老大爷一瘸一拐地回到家，对年轻人说："你回家去吧，明天早上再来。"

到了晚上，年轻人又躲在高脚屋下面听老两口的对话。老大爷先叙述了当天让年轻人挑担子上山的经过，把他折腾得够呛，但又抓不到他骂人的证据。老太婆建议："明天咱们这样做，你当主人，让他当狗，叫他在地上爬，去抓乌龟。如果他抓不着乌龟或者跑不快就算告吹。"老大爷说："那好吧，明天早上这样试一次也行。"老两口商量好后就睡觉了。年轻人听到明天的安排后，回家睡到鸡叫时分，就先抓到几只乌龟拿去捆在老大爷将要去的草丛中，分散在几处，然后回家接着再睡。天刚亮，年轻人去老大爷家。老大爷的女儿端出早饭给他吃。老大爷说："现在我们去抓乌龟，但是我家没有狗，你就当狗，我当主人。我们去抓一两只乌龟回来吃。"年轻人说："好吧！"年轻人装着狗跟在老大爷后面在地上爬行。到了事先捆有乌龟的草地时，年轻人钻进草丛之前，故意汪汪叫两声，老大爷跑上前去，年轻人就衔着一只乌龟给他，如此重复多次，抓到六七只乌龟。到了中午，老大爷肚子饿了，就坐下来打开干粮包准备吃午饭。年轻人看见旁边有一群牛，就装着狗的样子跑过去追咬牛，牛跑进稻田吃庄稼。老大爷看见牛吃庄稼，就去赶牛，年轻人便趁机跑回来把老大爷的饭吃个精光。老大爷回来看见饭没有了，很生气，想打年轻人又追不上。老大爷又饿又气，

加上回家的路很远，几乎走不动，又不能责怪年轻人。回到家后，对年轻人说："你回家去吧，明天再来。"

到了晚上，年轻人照旧来偷听老两口的对话。老大爷将白天发生的事一五一十地讲给老太婆听，并让她帮忙出主意。老太婆说："他当狗，你当主人，他欺侮了你。这次交换一下，让他当主人，你当狗。"第二天早上，年轻人又来伺候老两口。老大爷让女儿照顾他吃饭，然后，老大爷对他说："今天你当主人，我当狗，再去抓乌龟。"年轻人答道："好！"便带着干粮一起出发了，当狗的老大爷跟在年轻人后面。刚离家不久，年轻人加快速度，让老大爷跟不上，老大爷只好一颠一颠地跟在后面拼命地爬。这时，年轻人反而斥责老大爷道："你这狗光知道吃，走都走不动，怎么抓乌龟呢？"边说边轰着当狗的老大爷往前跑。当跑到草丛，乌龟也抓不着，年轻人就把当狗的老大爷痛打一顿，但老大爷因害怕丢面子而不敢说什么。到了中午，年轻人打开包取出干粮来吃，说："什么狗啊，乌龟抓不到，走路走在主人的后面，今天就不给饭吃！"接着，又打了老大爷一棍子，说："算了，不中用的东西，回家去吧！"回家的路上，老大爷疲惫不堪，又浑身疼痛，只好跟在年轻人后面走。到家后，年轻人对老大爷说："今天没抓到乌龟就是因为你当狗的不中用！"老大爷有苦难言，只好告诉年轻人："你回家去吧，明天再来。"

到了晚上，年轻人照旧来偷听老两口的对话。老大爷将白天年轻人如何欺侮自己的经过讲述了一遍。老太婆说："算了吧，我看还是把女儿嫁给他吧！这年轻人很聪明，你根本不是他的对手。我们的主意他好像全都知道，他把你折腾得快要死了，你还不甘心。"老大爷回答说："他的长相配不上我们的女儿。老伴儿，你再替我出个主意，如果他不能按我们的要求办，我们就推掉这门亲事。"老太婆说："事到如今，也只有这样办了。明天鸡叫时分，你吃了早饭就钻进一只草袋，另一只草袋装上大米。等明天早上他来，我就告诉他：'老大爷去市场买东西去了，还没吃早饭呢，你赶快把担子挑去。'从家里到市场的路很远，如果他赶不上你吃早饭的时间，我们就可以很轻易地推了他。另外，他挑担子越挑越重，到半路上没人时，他或许会开口骂人，我们也可找到理由推掉这门亲事。"老两口商量好之后就睡觉了。

第二天早上，年轻人来到老大爷家。老太婆让女儿端出饭菜让年轻人吃，然后，老太婆照昨晚商定的口径给年轻人交代今天要做的事情。年轻人挑着担子心里想："这次我一定要让老两口把女儿许配给我，不能再让他们设圈套欺骗我了。"到了一半路程的地方，他放下担子说："这草袋的口没系紧，我再系紧点。"走到一条小河过桥时，他把担子故意放在桥边上，他说："唉，太阳好高了，担子很重，赶不上老大爷吃饭了，他一定会骂我的。算了，让他骂吧，我先到平地上休息一会再赶路。"说完，他就去找来了一根大木头，使劲在桥板上击，做出有大象过桥的样子，并变了嗓音大声喊道：

"是谁把担子放在桥边上,大象踩坏了,我可不管啰!快些挪开!"然后,"大象的脚步声"越来越近了。藏在草袋里的老大爷以为真的来了大象,害怕被大象踩死,就使劲挣扎,以便给大象让路,不料草袋扑通一声掉入河中,老大爷被水呛,几乎快要淹死。年轻人看见,心想让他多喝点水,除去他的坏心肠,接着他佯装从远处跑来,大声说:"谁竟敢把我的担子挤到河里去了。这下,我的大米全完了,老大爷更得骂我了。真糟糕,今天回去怎么交代哟!"说完跳下水,把草袋打捞上岸。当他打开草袋时,故作惊讶道:"啊,原来是您啊!怎么不早告诉我呢!再迟一点就要误大事了,有人骑象从桥上过,把我的担子挤下河了。"老大爷从草袋里走出来,狼狈不堪地径直往家走去。

老两口在使尽了一切计谋后,都没有制伏这个年轻人,自己反而一次又一次地吃了大亏。他们在无计可施的情况下,不得不将女儿许配给这个聪明的年轻人。

贪心的夫妇

从前,有夫妻二人,丈夫每天去开荒种地。一天,他在一棵榕树旁挖土,榕树洞里的小白鼠听到挖土的声音胆战心惊,生怕这男子捣毁它们的鼠洞。小白鼠就央求开荒的男子说:"先生,求求你留下这棵榕树吧,这是我们赖以生存的地方。我们会每天给你一块金子作为酬谢。"男子听了小白鼠的请求,没有动那棵榕树,而小白鼠也履行它的诺言,每天送给男子一块金子。男子得到金子,就让妻子保管起来,每天如此。妻子百思不得其解,为何丈夫每天去种地会有金子拿回家呢? 她实在忍不住了,一天,便问丈夫:"你从哪儿得到的金子?"丈夫回答道:"你不用多问,只管保存起来。"妻子吓唬说:"如果你再不告诉我,那我就去上告法官,说你偷皇宫里的金子。"丈夫听妻子这么一说,就把事情的前后经过讲了。妻子听完后,告诉丈夫:"你真是个大傻瓜,上了小白鼠的当。如果你把榕树砍倒,把树洞里的小白鼠赶走,那么里边所有的金子不都归我们了吗?"

丈夫听了妻子的话,第二天上午他拿起斧头把榕树砍倒,挖开树洞一看,里面空空的,什么也没有。原来小白鼠预先得知,早已搬家了。当天晚上,小白鼠悄悄来到砍树人家中,把以前给他的金块全都运走了。

穷 人 借 锅

古时候,有个穷人向同村的一个财主借了一口大铜锅来煮东西。在穷人用了锅后把锅还给财主时,就把家中的一口小锅放入那口大锅内,一同拿去还给财主。财主揭开大锅一看,见里面还有一口小锅,很奇怪地问穷人:"咦!这口小锅是从哪里来的?"穷人故作神秘地说:"老爷,是这么回事,你借给我的那口大锅是一口已怀孕的锅,我拿回家后不一会儿就生下来这口小锅。"财主听了,高兴得嘴都合不上,连连说:"太好了,太好了!今后你还要用锅呀什么的,尽管来借好了,不用客气。"

过了几天,穷人再次来向财主借那口大铜锅。穷人说:"老爷,今天我家来了许多客人,真不好意思,还想借您的那口大锅用。"财主一口答应,马上取出大锅借给穷人。

过了很长时间,财主不见穷人来还锅,想去穷人家讨还自己的锅,这时,只见穷人骑着马飞快地跑到财主家,愁眉苦脸地对财主说:"老爷,您可怜可怜我吧!我把您的大锅借回去后的第二天,它就开始生病了，尽管这些天来我一直照顾服侍它，但它的病越来越重，最后就死了。我这才火速赶来告诉您这个不幸的消息。"财主听了极为恼怒，大声斥责道："一派胡言，你休想骗我，从古到今，我还从未听说过锅会死的事，你要马上还我的锅！"穷人不慌不忙地说："上一次您相信锅会生孩子，那您也应该相信锅会生病、会死，这才合乎情理呀！"财主听了，有口难言。

农 夫 失 马

一天夜里,农夫的一匹马被盗了。当时正是农忙季节,农夫心里非常焦急,只好到市场上去再买一匹。

第二天清早,农夫来到卖马的地方,一眼就认出了自己丢失的那匹马。他急忙走过去,一把抓住马的缰绳,二话没说,牵着就走。卖马的人立即拦住他,大声喝道:"嗳,你怎么随便把我的马牵走?"农夫理直气壮地回答道:"这是我的马!"卖马人却一口咬定马是他的。农夫急中生智,忙用手蒙住马的两只眼睛,问道:"要是这匹马果真是你的,那你说说,它哪只眼睛是瞎的?"卖马人一下子给问住了,只好瞎蒙说:"左眼是瞎的。"农夫高兴得叫起来:"错啦,左眼是好的。"卖马人慌忙改口说:"啊,我刚才就是想说右眼来着,一时弄混了。"这时,农夫放开双手,对围观的人们说:"请大家看看,这匹马的两只眼睛都是好好的,而他却说有一只瞎了,可见是他偷了我的马。"卖马人目瞪口呆,无言以对。众人都异口同声地称赞农夫说得在理。于是,把那个卖马人当场抓了起来。农夫纵身上马,高高兴兴地回家了。

农夫和精灵

从前，有一个农夫正在野外开垦一块荒地。一个精灵走过来理直气壮地对农夫说："这地是我的，等你收获的时候，要把收获的一半交给我，否则，这块田里什么也不会长出来。"

农夫说："好吧，我分给你一半，那你要怎样分法呢?"精灵建议说："我主张这样分配，把打下的果实分为地上的和地下的两部分。你要地上的那部分，我就要地下的那一部分。"

农夫决定就在田里种水稻。等到收割时，农夫割完稻谷脱粒后，运回家里的仓库收藏起来，而精灵只得到剩在田里的稻茬。这一下可把精灵气坏了，它大声对农夫说："以后我要地面上的一部分，地下的那一部分归你。"

这一季农夫在地里全部种木薯。到收获季节，农夫从地里刨出木薯，给精灵剩下的是木薯的茎和叶子。精灵看见自己第二次也未得到果实，非常恼怒，就对农夫说："你真能欺骗我!但是下回我可不再上你的当了，我既要长在顶端的果实，也要长在地下的果实。"

这次聪明的农夫在地里全都种上玉米。玉米的果实长在玉米茎秆的中间。玉米成熟后,农夫将玉米棒子掰走了,只把玉米秸秆留给了精灵。

会"魔法妖术"的农夫

从前,在上柬埔寨(柬埔寨北部地区的统称)有一片贫瘠的土地,当地居民每年耕种庄稼,都收获甚微。后来,从外地迁来了一户人家,夫妻俩带着四个孩子到那里买了一块不毛之地,并盖了房子住了下来。房子不算太大,但很牢固。由于家庭成员的勤劳,把房子周围的土地犁了个遍,精心修整成水田,种上水稻后又精心管理。到了收获季节,他们家种的水稻比旁边其他人家的水稻都长得好,穗大粒饱满,获得了丰收。

有的邻居认为,他家精耕细作,从不与别人争吵产生什么纠纷,是安分守己过日子的人家。有的邻居看着眼红,对他家产生忌妒之心。还有的人家对这家人的到来使这块土地发生如此大的变化感到十分惊奇,便误认为这家人一定有什么魔法妖术,就到县府告这家人的状。这家人被叫去见县官。那家男子带着妻子和孩子,一对壮实的牛,套上一辆牛车,运着农具,其中有雪白锃亮的犁头、锋利的耙子、镰刀、锄头、铲子等,毫不畏惧地往县衙门走去。

104

县官见这家人毫不抗拒官府的命令,理直气壮地来到县府,便认为这不像一户坏人家。那家男子对县官说:"请县官大人明察,我使用的农具都带来了。此外,我们全家人辛勤耕耘的劳累无法在此体现出来给县官大人看,还有全家人相亲相爱、和睦相处的感情和遵纪守法的门风。"县官听后,连连点头称是,当场否定了邻居的流言蜚语和不实之词,并希望众人要以这个家庭为榜样。

凡事要抓紧

古时候,村里有个农民叫布吉特。一天,他想:"明天,我该开始犁地了,眼下正是耕田犁地的季节,再拖就要误农时了。"第二天早上,正当他想趁着天气凉快去犁地时,突然有个朋友来约他去参加一个聚会。起初,布吉特还有点犹豫不定,究竟去还是不去,想了一会儿,觉得还是与朋友一起先去玩个痛快,等回来再犁地也不迟,于是,他放下了犁头,跟着朋友去聚会了。在聚会时,大家一起吃喝说笑,玩得非常尽兴。当天黄昏,布吉特回到家,由于饮酒过度,神志恍惚。他想,先休息一天再说,等我身体恢复健康后,地很快就会犁完,一定能把失去的时间夺回来。

布吉特歇了一天,感觉身体好多了,正赶上是个晴天,好干活,不料他家的牛病了,没有力气犁地。接下来的日子,他不是去参加别人的婚礼,就是去给祖父祝寿等等,每天总是有很多事情要做。这样一来,犁地的事就一拖再拖,始终没有做成。

后来,布吉特有时间犁地了,可犁地的时令已经过去了,到了收获季节,他什么也没有得到。

聪明的占大爷

古时候,在一个大森林里,有一只凶猛的老虎经常出来吃人,附近的村民望而生畏,不敢贸然进森林采集野果和打猎。

一天,占大爷进森林去采集藤条,这时,老虎已经悄悄地走出来躲在路旁等着咬人。占大爷先发现了老虎,他马上祈求佛祖:"阿弥陀佛!今年是虎年,山洪将暴发,飞禽走兽都要死光,一个不留。我要把长长的藤条砍回去,把子孙们悬挂在高处,不要被洪水淹没。我要把短的藤条砍回去,把农具挂起来,不要被洪水淹没。"占大爷说了一遍又一遍。老虎在一旁听得很清楚,心想:"我该上前去问问老大爷,究竟要发生什么事。"老虎就走出来问占大爷:"老大爷,这个虎年要发大水,是真的吗?"占大爷假装吃了一惊,回答道:"啊,是的,今年要发大水,所以我害怕我的子孙受灾,来森林里找些藤条把子孙们悬挂在树上,躲避洪水。"老虎听了,信以为真,开始害怕起来。它害怕洪水会夺去自己的生命,便走近占大爷,说:"老大爷,您可怜可怜我吧!请您把我也吊起来脱离水面,

好吗?"占大爷答道:"行,你先坐着等一会儿吧!"占大爷砍下了藤条,搓成绳索,一端捆在老虎的腰上,占大爷抓住绳索的另一端爬上一棵高大的树,使劲拉着绳索让老虎的脚离开地面,然后将绳索拴在树上,自己就跳下来。老虎问:"大爷,这样就不怕水淹了吧?"占大爷回答:"是的。"占大爷又拿着刀去砍树做成棍子。老虎问:"做棍子干什么用?"占大爷说:"拿着棍子回家,万一在路上遇到猛兽,也好防身。"老虎说:"不用啦,只有我天天出来吃人,再也没有别的老虎吃人了。"占大爷心中很明白,这棍子就是用来打它的,而且下手的时机到了。他拿着棍子走近老虎说:"你不要动,我看看刚才捆紧了没有,不然会掉到水里的。"老虎果然不动,占大爷上前用棍子使劲打老虎。老虎被打得鼻青脸肿,拼命挣扎,最后把绳索挣断逃走了。占大爷就回家去了。

　　老虎跑不多远,遇到一头大象。大象问:"虎兄干吗跑得这样急,有什么要紧事吗?"老虎对大象说:"象兄,那个该死的占大爷欺骗了我,把我全身都打伤了。"大象问:"占大爷现在何处?"老虎答道:"他在那个湖边的村子里。"大象说:"我要把他剁成肉酱,让他再也不能欺侮我们。"老虎继续逃命,大象就来找占大爷算账。不料在路上大象和占大爷不期而遇,但大象并不认识占大爷,它问占大爷:"大爷,您认识占大爷吗?"占大爷反问:"你找他干什么?"大象答道:"我是为老虎报仇来了。那老头儿竟敢欺骗老虎,还打伤了老虎呢!"占大爷回答道:"占大爷在湖东面的岸边住,他家的房子是白色的。"大象说："大爷，麻烦您送我去一趟，等杀死了那老头儿，得到的东西全都归您。"占大爷说："那我倒很乐意，不过这湖水很深，我无法过去。"大象说："您骑在我头上，我蹚水送您过去。"占大爷就骑在大象头上。他身上带了一把砍刀，刚走几步，占大爷朝象头上用力砍了三四刀，大象鲜血直流，被迫返回岸上，把占大爷抖搂在地上，只顾逃命去了。

大象跑了一阵，遇上了熊。熊问大象："象大哥，这是往哪儿去呀，连头也不回？"大象回答说："熊兄，你可不知道，占大爷欺骗我，把我头都砍出血了。"熊问："占大爷现在何处？"大象回答说："他在那个湖边的村子里种地。"说完大象就跑了。熊想为大象出这口气，恨不得一下子咬死那个老头儿。一天早上，熊见占大爷在犁地，心想：等他走近点，我再去咬他。熊就躲在丛林里等着。占大爷并不知道熊埋伏在前面，就继续犁地。熊探头看占大爷时，被占大爷发现。占大爷想：这熊瞎子可能是来害我的。他故意鞭打正在犁地的牛，说："宝贝，你再使把劲儿，我给你取蜂蜜吃，那两箱蜂蜜可真甜哪！"占大爷说了一遍又一遍。躲在一旁的熊听了，早已垂涎三尺，便忘记自己的来意，情不自禁地对占大爷说："大爷，您分些蜂蜜给我吃吧！"占大爷告诉熊："我的两箱蜂蜜是专门留给牛吃的，如果你要分些去吃，那得商量一下再说。"熊为了吃到蜂蜜，就走近占大爷，然后坐下。占大爷对熊说："既然你喜欢吃，那两箱蜂蜜都给你吃好了。可千万别让牛知道，因为它从来是独自吃惯了,你要和它分,会惹恼它的。你先等我犁完这一垄地。"熊听了很高兴,这蜂蜜正是它最喜欢吃的东西。熊为了早点吃到蜂蜜,就让占大爷把犁套在自己身上。占大爷赶着熊让它使劲拉犁,熊拉不动,占大爷狠狠地鞭打熊,熊被打得遍体鳞伤,只好挣脱了犁套落荒而逃。

熊跑了一阵子后,遇到狼。狼问熊:"熊兄,你这么急上哪儿去呀?"熊回答说:"狼兄啊,占大爷欺骗我说有蜂蜜吃,结果我被他痛打了一顿。"说完就跑了。狼自吹:"如果真是这样,让我去收拾他。我要把他的鱼篓子撕破把篓子中的鱼吃光。"第二天早上,占大爷一手拿把砍刀,一手拿着桨去湖中打鱼。狼走到半路上遇到一只豹子,狼对豹子说:"豹兄,和我一块儿去吃鱼吧!"豹子好奇地问:"狼兄从哪里搞得到鱼?"狼说:"我去撕破占大爷的鱼篓,咱俩分着吃。"狼和豹子一块儿来到湖边。不一会儿,占大爷划着小船也来了。狼问占大爷:"您认识占大爷吗?"占大爷说:"认识呀!可是他住在湖对岸那边。"狼说:"劳驾您送我去一趟,等我撕破他的鱼篓,得的鱼我们平分。"占大爷说:"好吧!"说完,狼就跳上船头,豹子仍坐在湖边等着。占大爷对狼说:"你别坐在船头,太重了,船会沉下去的。你还是来坐在我的前面。"狼换过来坐在船中间。狼又叫豹子说:"豹兄,你快上船呀!"豹子说:"狼兄,我不敢去,我害怕他就是占大爷。"狼转身看了看正在划船的人,自信地说:"他不是的。"占大爷默不作声。这时,豹子才上船,与狼并排坐下。占大爷划船至离岸十米远左右,就操起砍刀对准狼的头就是一刀,狼落入湖中。豹子见势不妙,也跳入湖里。豹子责怪狼说:"我说那人是占大爷吧,你偏不信。"狼说:"别说话,赶快游上岸去。"游上岸后,它们吓得直哆嗦,就各自逃命去了。占大爷仍然种着自己的稻田,过着安宁的日子。

后来,占大爷伤感地想:"我得罪过的这四个野兽,它们一定很仇恨我,必定会寻机报复的。因此,我得多买些铁来,制成五十或六十把锋利的刀,以便保护自己。"占大爷在一切准备就绪后,就召集儿孙来吩咐道:"我死后,要把这些刀埋在草地四周,围成一个圈,过六七天到墓上看一下。"不久,占大爷因病去世。子孙们按照占大爷的遗嘱掩埋了尸体和随葬品——保护墓地的刀。

果然不出占大爷所料,过去遭到占大爷打的四个野兽聚集在一起。在占大爷去世后的第三天,狼最先得到占大爷去世的消息。它连忙去告诉熊,熊又去告诉大象,大象又去告诉老虎。它们商量要一起去刨占大爷的坟,分吃他的尸体。狼去刨占大爷的脚,熊去刨占大爷的头,虎去刨占大爷的躯干,大象站在一旁观看,结果,去刨尸体的三个动物都被埋在土里的刀刺伤了脚,致残倒地。这时,大象非常恼怒,说:"这个占老头儿在世时恶毒,死后还这么恶毒,改不了他的本性。等我来把他尸体翻个面,让他全部暴露在外。"大象就用脚去刨坟,结果也被锋利的刀刺伤,倒在地上再也没有爬起来。

占大爷的子孙们按照占大爷的遗嘱,满头七时就到墓地去,突然发现大象、老虎、狼和熊死在坟边,就动手扒了这些动物的皮,割下它们的肉,取了虎骨和象牙,拿到市场上去卖,换了钱,给占大爷举行了隆重的葬礼。

道士救老虎

从前,有一只老虎躺在蛇洞口休息。这时,有一条眼镜蛇从洞里爬出来咬了老虎,老虎就死在洞口。当天,有一位道士正巧路过那里,看见一只死老虎,很怜悯它,便施法术将老虎救活了。老虎清醒过来后说:"我在这里睡得正舒服,你竟然施法术让我醒来,那我就该把你吃掉。"道士回答说:"你原来是被蛇咬死,躺在此处。我施法术是为了救你,你应该感激我的救命之恩才是,为什么你反而要吃我呢?"道士越说越生气,两者各说各的理,争吵不休。最后,他们决定一起去找狼评理。

在他们各自把事情的来龙去脉述说了一番后,狡猾的狼想:"我在森林里生存就必须靠老虎的威望,如果我判老虎输了,今后老虎就会处处与我作对。"所以,只能判道士输,老虎该吃道士。

道士不服狼的判决,和老虎一起去找牛。牛考虑道:"如果我要判老虎输了,老虎必定很恨我,那它会吃掉我的。"牛便判道士输,老虎该吃道士。

道士不服牛的判决,和老虎一起去找猴子。猴子想:"过去,曾有过这样一件事,有一个男子掉入井里,我父亲把那人从井里救了出来。接着,有一只老虎想吃那男子,我父亲又帮助他爬上树,脱离了险情。最后,那人心肠很坏,把我父亲杀死了。这次我可不能再上当了。"猴子判决,老虎该吃道士。

道士不服猴子的判决,和老虎一起去找秃鹫。秃鹫想:"目前,我天天以虎肉脯为食,如果我判老虎输了,老虎一定与我结仇,那我就吃不到虎肉脯了。"秃鹫判决,老虎该吃道士。

道士不服秃鹫的判决,和老虎一起去找森林保护神。森林保护神想:"人们从森林里走过时,既在树下乘凉,又撅树枝、摘树叶,甚至还砍大树,我讨厌他们。"森林保护神判决,老虎该吃道士。

道士不服森林保护神的判决,和老虎一起去找兔子。道士说:"这老虎躺在眼镜蛇洞口,蛇爬出来把老虎咬死了。我施法术驱毒,让老虎死而复生,原以为,这老虎醒来会报答我。现在老虎倒要吃我。请兔子判官评评理吧!"而老虎却告诉兔子:"我正睡得香,突然来了一个道士把我弄醒,因此我就要吃他。但他不甘心被我吃掉,我们找了狼、牛、猴子、秃鹫、森林保护神来评判,他们都说我该吃道士。兔子你看这案子该怎么判?"

兔子听了道士和老虎双方的解释,已经明白事情的真相,就对道士和老虎说:"既然你们都讲了事情的原委,就让你们带我到事情发生的地方去。老虎仍然像过去那样躺在蛇洞口,道士从那里路过，让我亲眼看到这个过程，以便公正地裁决。"道士和老虎都同意兔子的建议。当来到蛇洞口，老虎躺下不多一会儿，眼镜蛇又出来把老虎咬死了。看见老虎已死，兔子对道士说："先生，你瞧这只老虎，因为它恩将仇报，所以现在落得这样的下场。我劝告你，从今以后，千万不要怜悯老虎这类凶恶的野兽。"兔子如此判案，被称为公平公正。

隐士偷金案

古时候,在一个寺庙里住着四位隐士。他们打坐念经时都是背朝里脸朝外,而且是每人朝着一个方向。一天,来了一位婆罗门人,请求将自己的一万两黄金寄存在四位隐士的寺庙里。隐士们将金子放在寺庙中间,婆罗门人就离开了寺庙。四位隐士仍像以往那样,背朝里、面朝外坐着念经。过了一阵,其中的一位隐士悄悄地把金子拿走了,其他三位隐士没有觉察。不久,那位婆罗门人来找隐士要回金子。隐士让婆罗门人到存放金子的地方拿,但发现金子不在了。婆罗门人就带着四位隐士去找法官评判。法官无法判这个案子,就带着婆罗门人和四位隐士去叩见国王。婆罗门人将事情的前后经过详细地向国王讲述了一遍。国王听完后,问四位隐士:"事情的经过是这样的吗?"四位隐士禀告国王说:"婆罗门人的确把黄金存放在我们的寺庙中,而我们四个人正背靠背,脸朝外面打坐,没有看见也不知道是谁偷了这些金子。请陛下明察。"国王和大臣们一起商量,也找不出破案的好办法,国王愁眉苦脸，一筹莫展。

国王有一位公主，名叫维吉沙丽，她聪明过人，懂得各项法典方面的知识。公主对国王说："请父王不必为此案子烦心，我能帮助您破此案。"随后，公主把四位隐士请来，对他们讲了下面的一个故事：

古时候，有一位姑娘向一位隐士学习法术，当学习结束，在告别隐士返回家乡之前，姑娘对隐士说："我没有什么东西来报答师父的恩情，我向您发誓，当我母亲为我找到丈夫时，我将离开丈夫，先来找师父，住一段时间后，再回到丈夫身边。"然后，她告别了师父，回到家乡。不久，母亲给她找了丈夫，她就告诉丈夫自己曾在学完法术后与师父的约定，丈夫没有阻拦，姑娘梳洗打扮一番便上路去找师父。途中，她遇到一只老虎，老虎正准备要吃她，她把求学、嫁丈夫，又去找师父的前后过程讲了一遍，并说："等我从师父那里回来，再让你吃我吧！"老虎听姑娘这么一说，就不再吃她了。她又继续赶路，不久碰上了强盗。强盗见她珠光宝气，衣着讲究，起歹意想抢她的首饰，姑娘把自己出门的用意又讲了一遍，并说："等我从师父那里回来，我自然会把这些首饰给你的。"强盗听姑娘这么一说，也就不抢她的首饰了。姑娘见到师父，讲述了自己对师父的思念之情和临别时的诺言。师父对她说："姑娘啊！我非常高兴，你确实曾对我许下诺言，但你已经有丈夫了，我不能爱你，还是请你回去和丈夫一起过日子吧！"于是，姑娘拜别了师父起程回家乡。路上没有遇到强盗，也没有遇到老虎，顺利地回到丈夫身边。

公主讲完故事后，就问四位隐士："你们认为故事中哪个心肠好？"一位隐士答："我认为，那个姑娘的丈夫心肠好，他容忍自己的妻子去找师父。"一位隐士答道："我认为，老虎的心肠好，它能克制自己不吃姑娘。"一位隐士答道："我认为，强盗都贪财，见了姑娘的首饰很想得到它，结果反而不要，因此强盗心肠好。"一位隐士答道："姑娘去找师父，师父可以按照姑娘的诺言接受姑娘的爱，但他克制了自己的欲念，劝姑娘回家与她丈夫一起生活，我认为师父的心肠好。"

维吉沙丽公主听完了四位隐士的回答，她是这样分析的：赞扬那个姑娘的丈夫心肠好的隐士有嫉妒之心；赞扬老虎心肠好的隐士有鄙视动物之心；赞扬强盗心肠好的隐士有贪财之心，显然那个隐士偷了婆罗门人的金子；而赞扬师父心肠好的隐士有淫秽之心。公主故意对四位隐士说："你们几位之中，谁的金银财宝最多，就送给我，我愿做他的妻子。"这时，那位赞扬强盗心肠好的隐士迫不及待地表示要娶公主为妻，就回去拿出一万两黄金交给公主。公主认定就是那个隐士偷了婆罗门人的黄金。公主就将那些黄金交给了父王。国王又把黄金如数归还婆罗门人。而婆罗门人只拿了四千两黄金，便拜别国王回去了。

两个朋友

古时候,有两个男子,一个叫高,另一个叫焦,他们是非常要好的朋友。他们商量,当各自娶妻成家以后,也要互相帮助。不久,高娶了一个聪明贤惠的妻子,而焦娶了一个呆傻懒惰的妻子。

一天晚上,高和妻子商量:"我们做什么才能很快富起来呢?"妻子说:"你想干什么,我都不阻拦,要么你买些棉花来,我纺纱织布,然后再拿到集市上去卖,这样也不错。反正做什么,我都听你的。"当一觉醒来,高对妻子说:"昨晚,我想到了一个好主意,如果真的做成功的话,那很容易得到许多金银财宝。"妻子迫不及待地问丈夫:"你快说,怎么做?"高对妻子说:"大海里经常有各国的商船航行,有的平安无事,可有的已沉入海底多年。而在沉船里边有数不尽的各种金银珠宝。如果我们能把海水舀干,那就不难得到这些财宝。再说,我们在舀水时,还可抓到大大小小的鱼,把它们制成咸鱼干、鱼酱什么的拿去卖,也可赚到许多钱。今天早上,你先煮一锅饭,用竹篮装好,再带点菜,我们一块儿去舀海水。"妻子

听了，点头同意，就照丈夫的话去做。

准备好干粮，带上舀水的工具，两人就朝大海边走去。到了大海边，他们开始不停地舀水，直到正午才吃饭，休息一会儿又接着干，到晚上才回家。他们就这样每天早出晚归，连续五天坚持到海边舀水。到了第五天，丈夫伸出手指来目测了一下海平面，对妻子说："你看，海水已经退下去一些了。"妻子回答道："如果这样的话，我们再接着干，再过半个月，海水就会被我们舀干的。我们抓到的大鱼小鱼加工后也可卖钱。等找到那些过去的沉船，就可以挖到许多金银财宝了，我们都不知道怎样才运得完呢！"说完，夫妻俩满怀希望地回家去了。第二天早上，他们坚持不懈又来舀海水，议论着同样的话题，憧憬着明天的美梦。

大海中的鱼群听到这对夫妻的对话，吓得魂不附体，它们提心吊胆地想："如果这样下去，我们非死不可。我们应该赶快禀报鱼王，让它想办法帮助我们躲避这场灾难。"鱼群游到鱼王那里，将几天来那对夫妻舀海水的事情和他们的议论禀报鱼王。鱼王立即下令鱼群口衔五罐金子、五罐银子去送给这对夫妻，请求他们从今往后停止舀海水。鱼群按照鱼王的吩咐去做了。高和妻子十分高兴，表示不再去舀海水。高和妻子就把鱼王送的金银运回家，他们从此富裕起来，过着安逸舒适的生活。

再说那焦小伙自从娶妻后，日子过得很平淡。一天，他想到自己的朋友高小伙，就带着妻子去看望朋友。两个朋友久别重逢，他们亲切交谈如往常一样,再看看他家中的摆设、用具都很讲究,焦就想:"我这个朋友过去只是一般的家境,为何现在一下子暴富起来?"焦在朋友面前哭穷道:"朋友啊,现在我的日子过得很艰难。你现在做什么生意? 是怎么富起来的?"高小伙说:"朋友啊,我们夫妻俩早上带着干粮和工具去海边舀水,晚上才回家。由于惊动了鱼王,它怕我们把海水舀干,就命令它的鱼群送了许多金子银子给我们。"

高夫妻告诉了朋友富起来的诀窍后,给了些钱,让他们回家过日子。焦夫妻便告辞了朋友回家去了。他们也模仿朋友的做法,焦对妻子说:"明天早上你就准备好中午要吃的干粮,然后一起去舀海水,这样可以像我的朋友那样得到金子银子。"这个傻妻子天刚亮就起床生火做饭,她打开米缸,米撒落在地上,她去淘米,米又溅出来一些,她把米放入锅里时又掉了一些米,原来可煮一锅饭,但只剩下半锅了。等饭煮熟已快到中午了,夫妻两人心里都不大高兴。他们一块儿去舀海水,到第五天,大海里的鱼群都很惊慌,议论道:"不知哪里来的一对夫妻又来舀海水了。"鱼群一直在海边观察,只听见那个傻妻子说:"舀了海水这么多天,也没看见什么财宝,我不愿再舀水了。"夫妻两人争吵了起来,他们越吵越凶,就扭打起来。两人一赌气,都说再也不来舀海水了。鱼群听到他们的谈话,心里宽慰了许多,既然他们已决定不再舀海水,那就不必再用金银贿赂他们了。这对夫妻就这样空手而归,但他们总觉得这样做有些冤,就顺手捞了些海菜挑回家。他们把这些海菜扔在墙角,天长日久,这些海菜也就烂掉了。

两 个 商 人

很久很久以前,有两个占族小商贩,一个叫罗斯,另一个叫萨勒。两人约定,如果谁的生意兴隆,货物卖得多,卖得快,谁就要请客。说定后,两人便分头去做买卖了。到了晚上,他们相遇的时候,不诚实的罗斯一个劲地对萨勒叫苦说,今天生意不好做,没卖出去多少货物。萨勒听了,就主动说:"那好,明天早上,我请你吃早餐吧!"并选了一个环境幽雅的饭馆。

第二天早上,天刚亮,两个人就朝着那家饭馆走去。半路上,萨勒对罗斯说:"你常到这一带来做买卖吗?"罗斯回答说:"我从来就没到过这地方。"萨勒说:"那你没听说过这一带流传很广的青龙桥的故事吧?"罗斯很感兴趣地问:"青龙桥的故事是怎么回事?"萨勒说:"我们将从青龙桥上走过去,到昨天说好的那家饭馆吃早餐。那座桥是专门惩罚说谎者的。"罗斯惊讶地说:"是吗?我不信,哪有这样的事?"萨勒一本正经地说:"最初,我刚听说这事时也不相信,后来,我确实看见许多说谎者在过桥后的一年之内

123

都先后死去了。"罗斯一听,顿时脸色刷白,神色慌张,想马上改口说昨天生意做得好,但又觉得太露骨了,便一面走,一面对萨勒慢条斯理地回忆起他昨天做生意的实情。一会儿说,昨天晚上他忘了告诉萨勒自己的这种货物卖了多少,一会儿又说,还有那种货物卖了多少,算起来,总共卖掉价值五百多瑞尔(柬货币单位)的货物。萨勒听了,故作惊人之状说:"哟,那你卖得比我还多呢!"罗斯只好说:"那好,今天的早餐由我请客了!但是,你可别以为我害怕过青龙桥哟!"

两 个 孤 儿

从前,有一个穷人名叫赛恩,靠捕鱼为生。他有两个儿子。当大儿子十三岁、小儿子十一岁时,妻子不幸死去。赛恩为了编织鱼篓,他经常带着大儿子进森林采集藤条,把小儿子一人留在家中看家。

一天,小儿子也想进森林看看父亲是怎样干活的,便对父亲说:"爸爸,我独自一人不敢待在家,带我一起去森林吧!"父亲同意了。小儿子看见父亲砍下藤条,劈成粗细均匀的篾条,然后再编成鱼篓。大儿子虽然常常跟父亲进森林,可他从不留心观察父亲怎样干活。小儿子第一次随父亲进森林就仔细观察父亲的一举一动,从如何握刀砍藤条、编成鱼篓、捕鱼直到把鱼烤熟。恰好有一天,父亲去干活,忘记带火柴,无法生火烤鱼给孩子吃。父亲就去砍下一根枯死的竹子,截成两段,使劲摩擦直到冒出火花,点着柴火把鱼烤熟。父子三人吃饱后,下午才回家。

不久,父亲患重病死了,两个孩子成了孤儿。起初,他们靠父

亲留下的一点钱度日，没几个月钱就花光了。这时，弟弟说："哥哥，过去我们有父亲抚养，不愁吃穿。现在父亲去世了，我们弟兄两人还未长大成人，如果去邻居家打工，别人可能都不肯收。我们该怎样生活下去呢？家里只剩下一碗米了，明天就无米下锅了。难道我们只能去讨饭吗？我可不愿去，太丢人了。我宁愿饿死也不去讨饭。"哥哥问："那你说说看，我们该怎么办？"弟弟回答："我们和别人一样，都有两只手、两条腿、一个脑袋，能干各种活儿。"哥哥说："有手有腿有脑袋又怎么样？我们还小，不能搞搬运，也不会开垦荒地。"弟弟说："哥哥呀，你看麻雀这么小，它会挑会抬吗？可它还能养活自己的孩子。哥哥，为什么我们就不能继承父业呢？"哥哥说："说实话，父亲活着的时候，他是如何编鱼篓的，如何捕鱼的，我都不知道。那时，我只是等着吃现成饭。现在，让我到哪里去捕鱼呢？看来只有讨饭或当用人还省事点。算了，我们现在顾不得丢面子了，先混到年纪大点再说吧！"弟弟说："不，我不去讨饭或当用人。即使祖辈曾经讨过饭，我也不去。你好好想想看，给别人干活，寄人篱下，遭人白眼，挨人咒骂，受人凌辱，那是什么滋味啊！"哥哥问："那你还记得过去父亲是怎么干活的吗？"弟弟说："我全都记得，咱们还是先别去想讨饭、打工的事。父亲留给我们一把刀，就不用发愁自己不能养活自己。"哥哥说："那好吧，你就照父亲那样干吧！"

聪明灵巧的弟弟果然成功地捕到了鱼。弟弟独自思忖："父亲只会捕鱼,怎么不去捕捉森林里的野兽呢?森林里有很多野猪、麂子、鹿和其他动物。"他对哥哥说:"哥哥,我们在森林里设下圈套,还可以捉到像野猪这样的大动物呢!"哥哥赞成弟弟的想法,两人一起进森林了。半途中,哥哥口渴了。弟弟说:"从前,父亲找水的方法是在湿润的地方往下挖,过一会儿,那里就会出水的。那你可以试试!"哥哥说:"这么累,哪挖得动啊!"弟弟说:"那我们再往前走,兴许能遇到水渠。"过了一会儿,果然见一池清水,水面上开满了荷花,还有莲蓬。弟兄二人便下水洗澡,采莲子吃,然后在池边躺下休息。之后他们接着往前走,来到人迹罕至的深山老林,看见很多动物在自由地玩耍。弟弟在树上搭了个窝棚,砍了些藤条编成圈套,安在动物出入的必经之路。这时,一只野猪从远处走来,正好落入弟弟布下的圈套。野猪使劲挣扎,套子越勒越紧,野猪就断气了。兄弟两人见捕得这样一只野猪,十分高兴,准备烤着吃。可是火柴用光了,哥哥想不出办法,急得一筹莫展。弟弟想起了父亲摩擦取火的做法,就让哥哥看着野猪,自己去找根枯竹子,用力摩擦,点着了火,把野猪烤熟了,饱餐一顿。兄弟两人就这样在森林里生活了很长一段时间。

　　一天晚上,弟弟发现窝棚附近有一头大象,想吃大象肉的念头油然而生,就把捕大象的打算对哥哥说了。哥哥连忙制止:"别,象这么大,你哪能捕捉住它?如果把它惹火了,说不定还会把我们的窝棚砸烂,然后把我们两人踏死呢!"弟弟说:"不用担心,你静静地待着好了,等我去收拾它。"第二天,弟弟便做了一个又大又结实的圈套,放在大象经常行走的路口。晚上,果然大象和往常一样来到这里,无论它如何吼叫、挣扎都无济于事,不一会儿,就动弹不得死去了。弟兄两人把大象的肉割下来,生火烤着吃。

烤肉的香味传到森林的每个角落,一直飘到魔王的住地。魔王闻到烤象肉的香味,惊叹道:"谁烤的肉这么香!我得去查看一下,把烤肉的人吓跑,把烤肉吃个光。"说完,它拿起魔棍,腾云驾雾,四处搜寻。它看见森林中冒出缕缕浓烟,就直奔冒烟的地方。来到近处,魔王只见两个孩子正在烤象肉,心想:今天真幸运,不仅可以吃到烤肉,而且还可以吃到烤肉的人。

魔王吓唬两个烤肉的人说:"喂,哪儿来的两个小家伙?赶快走开!"哥哥见此人身材高大,露着两颗又长又大的门牙,心想:这一定是老人们常说的魔鬼了,吓得直打哆嗦。弟弟想:这人是从哪儿来的?个子这么大,牙齿又白又大,像把大铁铲,发红的眼睛圆鼓鼓的,脸上的皮肤粗糙得像癞蛤蟆,身体大得像骆驼,满身泥垢,说起话来像在吼叫,乱蓬蓬的头发、胡须,真像个魔鬼。我必须沉着镇静,认认真真地对付这个魔鬼,看它敢不敢吃我们的烤肉。弟弟定了定神,稍往后退了几步,眼巴巴地看着那个怪人把象肉一点一点地吃掉。魔王问弟弟:"你是怎样弄到这只象的?"弟弟说:"叔叔,您尽管吃好了,不必多问。"魔王逼问说:"快说,你是怎样搞到象肉的?不然我连你也一起吃掉!"弟弟说:"这象中了我的圈套。"魔王根本不信,挖苦说:"人不大,倒会撒谎,可能是大象自己死掉的吧? 你要讲真话,再骗我就立即吃掉你。"弟弟说:"我没有撒谎,你看,圈套还在那儿呢!"魔王追问:"这圈套真是你自己做的?"弟弟说:"是的。"魔王傲慢地说:"如果这圈套真有这么厉害,我倒想亲自试试。"弟弟跑过去,拿起圈套对魔王说:"叔叔,请您进去吧!"由于魔王看见这圈套不过就是藤条编的,心想,只要我轻轻一动,就会把它挣得粉碎,因此就钻了进去,不料,圈套紧紧把魔王勒住。魔王大声吼叫着,它使尽全身解数,念着咒语,都无法挣脱这个圈套。后来,它筋疲力尽了,不能动弹了,才尝到圈套的厉害。它只好央求小孩:"你可怜可怜我吧,刚才是我不自量力,留我一条命吧!"

弟弟见怪人已落入圈套,还向自己求饶,就提着刀对它说:"现在相信了吧! 你吃了我的烤象肉,还想吃我。你胆子也太大了,我才不饶你呢。今天晚饭正好没有菜了,这下我要吃你的肝了。"说完,弟弟就叫哥哥去砍些竹子来,以便用来串着这怪人的肝脏在火上烤着吃。哥哥慢腾腾地从窝棚上跳下来,浑身直打战。弟弟说:"哥哥,别怕它。咱们吃生的不香,还会肚子发胀。你去砍竹子吧! 我来挖它的肝。"魔王听说要挖自己的肝,再一次求饶说:"我是魔王,小兄弟,如果你们放了我,我就送你们一条魔巾。如果你们杀了我,那我的国家就灭亡了。我的妻子和孩子就会无依无靠了。"弟弟问:"你说的魔巾有什么用?"魔王说:"只要你挥一下魔巾,你

想要什么就会有什么。"弟弟想,这魔王可能是在骗我们,一旦放了它,它会纠集天下的魔鬼来和我们较量,不能相信它。弟弟拿着刀准备下手挖它的肝时,魔王说:"我把我的国家都交给你们,我当你们的卫士,只求你们放了我和我的妻子儿女。"弟弟问:"你的国家在哪里?我们怎样才能到达?"魔王说:"我用树枝做路标,在每个岔路口上都做好标记,就能到达我的国家。"兄弟两人这才放了魔王。魔王信守诺言,取道回宫,并摆下了路标,两个孩子跟随在身后。

魔王回去后,下令对守七道城门的卫士说:"明天将会有两个小孩来此,你们要挡住他们,不让他们进来,但不要伤害他们。这两个孩子非同一般,威力无比,我都差点死在他们的圈套里。如果他们执意要进来,就让他们进来好了。"吩咐完毕,魔王回宫睡觉去了。它鼾声如雷,整个大地都在抖动。弟兄二人来到王城的第一道门,哥哥见众魔鬼手持兵器,严密把守,早已吓得魂不附体了。弟弟则毫不畏惧,还劝哥哥鼓足勇气,一起进城。卫兵们只好开门让他们进去,两弟兄一直顺利地通过了七道大门,来到魔王的宫殿。见魔王睡得正香,左边有一百名宫女,右边有一百名宫女,拿着蒲扇不停地为魔王扇风。弟弟喊道:"你这家伙,快起来!"魔王从睡梦中惊醒,下令招来文武大臣,并当众宣布:"大家要尊重他们,就像过去尊重我一样。我把王位交给他们了。"之后,大家依次叩拜新国王。魔王将自己的两个女儿分别许配给这两弟兄,并举行隆重的婚礼。不过弟弟不愿当国王,把王位让给了哥哥。

烤肉的人和挑担的人

从前,在一家烤肉铺子前面,有一个挑担的人坐在旁边休息。正吃着干粮,烤肉的烟熏味一阵阵飘到他坐的地方,似乎由于烤肉的香味使挑担的人吃干粮吃得更香。烤肉的人看见这情景非常得意。等挑担子的人吃完了干粮,烤肉的人就向挑担的人走去,不客气地收取烤肉时飘出来的烟钱。挑担的人理直气壮地回答说:"我又不欠你的钱。我什么时候吃你的烤肉啦?我从来还没听说过还有卖烤肉时冒出来的烟的。"烤肉的人强词夺理地说:"我这里卖烤肉,烤肉时飘出来的烟味也卖。这烟就是要收钱的。"为此,两人争吵起来,各不相让,直到有一个当地市场的管理人员来巡视市场秩序时,他们两人都向这位官员陈述了各自的理由。这位管理人员向挑担的人要了一个瑞尔(柬货币单位)的硬币,放在烤肉人的桌子上,听到这硬币发出当啷的响亮的声音,似乎想知道这硬币是真的还是假的。

这时,围观的人们都静静地等着看那个管理人员将如何处理这件事。烤肉人以为这钱是给他的,就伸手去拿硬币。那个管理人员立即阻拦,说:"挑担的人在你烤肉的烟熏下吃了干粮,现在已经用硬币的响声给你付了烤肉时冒出的烟钱了。你们两人别再争吵了,否则,我将你们两人都抓走。"烤肉的人和挑担的人都无话可说,围观的人们都拍手称快。

波克大爷和小和尚

从前,有一个老大爷名叫波克,他家住在一座寺庙的附近。他靠种果树为生,由于他辛勤劳动,精心管理他家的果树,每年到了收获季节,总是果实累累,惹人喜爱。但他又很小气,十分珍惜他的劳动果实,舍不得让别人摘他的果子吃。寺庙里的小和尚见了他家又大又甜的果子,经不起诱惑,常常去偷摘他家的果子吃,波克大爷得知后非常生气。

一天,波克大爷实在无法忍受小和尚到他家偷摘果子,便气冲冲地到寺庙去找住持,请住持出面严禁这些小和尚偷摘他家的果子吃。住持对波克大爷说:"现在,小和尚有的回家去了,有的随师父诵经去了,无法把这些小和尚召集在一起,等他们回来,我会开导教训他们的,不但在口头上说几句,而且对带头去你家摘果子的小和尚还要加以重重处罚,一定要制止他们这种不良行为,免得他们再犯。说实话,我们也经常管教,但有时他们就是不听,或者当面还能表示听从,可背着我们,他们仍然我行我素。"波克大爷见住持答应要惩罚那几个调皮捣蛋的小和尚,心中暗自高兴,又坐下来谈了些别的事。住持为了缓和波克大爷的不满情绪,不断地给他倒茶,再三表示道歉并安慰他,于是,波克大爷就在寺庙足足待了大半天。

小和尚们看见波克大爷进寺庙求见住持,知道事情不妙,一定是来告状的。他们就悄悄地聚在一块儿商议,如何对付波克大爷。有人说:"今天早上,我们刚刚摘了波克大爷的黄皮果吃,他马上就到住持面前告我们的状。师父说还要把我们集合在一起,鞭打我们。伙伴们,你们看,现在波克大爷正与住持起劲地聊天。波克大爷家正好没人,我们应该趁此机会再去他家摘果子吃个饱,反正是要挨师父的鞭子的,先摘后摘也都一样。"小和尚们一起去翻过波克大爷家的围墙,钻进院子,爬上黄皮果树,挑大个儿的果子,边摘边吃,有的用钩子钩摘果子,有的使劲摇动树枝让果子掉落在地上,然后捡起来吃,一直折腾到傍晚才回寺庙。

波克大爷在寺庙与住持聊天,一直待到太阳下山。告别住持后,波克大爷返回家,看见果园中黄皮果、椰子果的皮丢得到处都是,满地狼藉,有的果子还未成熟也被糟蹋了。他不由得破口大骂,怒火中烧,也后悔自己在寺庙与住持聊天太久,没有看好家中的果树,给那些小和尚以可乘之机。他想再去寺庙找住持告小和尚的状,可是又一想下午刚去告状,师父还没有来得及惩罚他们。波克大爷对这些顽皮的小和尚伤透了脑筋。他在家中越想越生气,却一筹莫展。

四个学手艺的男子

很久很久以前,有四个男子,他们都向一位婆罗门大师学手艺。他们四人中,一个学占卜,一个学射箭,一个学游泳,还有一个学法术。当完成学业后,他们一起去拜别大师,返回故乡。一路上,他们翻山越岭,长途跋涉,十分辛苦。一天,他们在海边露宿。第二天早上,会占卜的男子对其余三个人说:"伙伴们,今天是我们走好运的日子,待会儿有一只鹰将会从很远的地方衔着一位外国的公主到我们驻地附近来。"大家听了,都很兴奋。他们商议,每人观察天空中一个方向,等着鹰的到来。不久,果然有一只鹰,嘴里衔着一个美丽的姑娘朝他们的方向飞来,完全印证了占卜师的预言。这时,学射箭的男子马上举起弓箭,射中了那只鹰,姑娘也就掉进了大海里。会游泳的男子就立即跳进大海,把姑娘打捞上来。会法术的男子把姑娘救活。当姑娘死而复生时,这四位男子都不约而同地向姑娘求婚。究竟谁该和姑娘成婚,他们争论不休,吵得不可开交,就去请法官评理。每个男子都讲述了自己的理由,最后问:"这姑娘究竟该是谁的妻子?"

这个案子令法官先生很头疼,不知该如何判决,便领着四个男子去拜见国王。在四个男子陈述了各自的理由后,国王明察秋毫,说:"你们四人对那个姑娘都一样有恩,在搭救那姑娘的过程中都发挥了很重要的作用。朕决定如下:会占卜的男子如同姑娘的恩师,会射箭的男子如同姑娘的父亲,会法术的男子如同姑娘的母亲,至于会游泳的男子从大海中把姑娘托出来,他已经触摸了姑娘的身体,因此,姑娘应该是他的妻子。这对夫妻应该赡养他们的恩师和父母。"

后来,会游泳的男子当上了国王。他始终按前国王的圣旨关怀照顾着姑娘的恩师和父母。

神女送镰刀

古时候有一个农夫,在收割季节从早到晚弯着腰在田里割稻子。这个农夫家里很穷,没有钱去买一把新镰刀,只好用家中那把用了多年的钝镰刀。到晚上收工回家时,他把镰刀藏在路边的草丛中,等第二天再拿来继续割稻子。

第二天早上,农夫找不到藏在草丛中的镰刀了,割不成稻子,他很难过,就只好空手回家了。在回家的路上,他看见一只饿得气息奄奄的老鼠。农夫很怜悯,把它捧在手掌中,并喂稻谷给它吃。霎时间,这只老鼠变成了一个非常漂亮的小姑娘,农夫惊奇万分。小姑娘对农夫说:"我是神女,你救了我的命。现在我能帮你什么忙,用来答谢你的救命之恩呢?"农夫说:"我只请求你把我的镰刀找回来。"神女立即递给农夫一把非常精致的金镰刀,问农夫:"这把镰刀是你的吗?"农夫回答说:"这不是我的镰刀,我从不用金做的镰刀来割稻子。"神女又拿出一把银镰刀,问农夫:"那么这把镰刀是你的吗?"农夫摇摇头说:"也不是的。"神女最后拿出一把铁镰刀问道:"这把是不是?"农夫回答说:"是的,这把镰刀是我的,刀刃都用钝了,我记得很清楚。"神女说:"你真是个诚实的好人。我把金镰刀和银镰刀作为礼物送给你。"说完,神女转眼消失在农夫的眼前。

风神梅卡拉

古时候,有一个渔夫,家中只有一条无帆的船,他无法驾船远航到深海去捕捉大鱼,只能在近海岸边捕些小鱼,勉强糊口度日。

一天,一位衣着褴褛的老大爷到这个家境贫寒的渔夫家讨饭,渔夫见了,同病相怜,同忧相救,就从船上慷慨地抓起三条小鱼给老大爷。老大爷谢过渔夫,并对他说:"以后,你的船可以去深海捕鱼了。"说完,这位老大爷忽然就不见了。渔夫一看自己的船,惊奇地发现有了船帆。从此,渔夫每天可以去远海捕鱼了,而且捕到很多大鱼拿去卖,得了很多钱。

后来,渔夫又一次碰到一个前来乞讨的老人。这时,渔夫财大气粗地鄙视老人说:"我可没有什么东西可以给你的,你这个穷鬼。赶快给我滚开!"话音刚落,老人立即不见了。第二天早上,渔夫照例出海打鱼。当船到深海时,突然海上狂风大作,掀起滔天巨浪,使渔夫的船撞到一块礁石上,船帆立即被撕破,渔夫落入大海。他奋力游回海岸,才免一死。当他把破船推回海岸时,随风飘来一个声音说:"你不要忘记,你第二次遇上的老人也是梅卡拉风神变的。这是他对你的应有惩罚!"

以 牙 还 牙

古时候,一个农夫家有一个儿子。农夫去财主家借了一把斧子进山砍柴。正当他举起斧子向树砍去时,斧把儿松了,落下来砍中了一只鹿。受伤的鹿带着斧子拼命地跑,农夫去追也没追上。他回到家对妻子和儿子说了在砍柴时发生的意外,并如实地对财主讲了失去斧头的经过。财主说:"这把斧子是我父母留下来的传家宝,如果没有它,我就丧失了干活的工具。"农夫一再赔罪,并答应买一把新的斧子还给他,但是财主不同意,说:"我只要原来那把斧子。"任凭借斧子的人如何央求,甚至用两把斧子赔财主,财主仍不乐意。农夫回家与妻子商量,他们愿借一赔四,一直到赔十,财主仍不愿意,执意要原来那把斧子。夫妻两人实在没有办法,最后迫于无奈,将自己的儿子送到财主家当用人,财主这才答应。

后来有一天,农夫又去森林砍柴,突然发现一具尸体腐烂的鹿,而且还看见自己当初借财主的那把斧头。他异常高兴,将斧头带回家,清洗干净,安上斧子把儿,确认是财主家那把斧子之后,就兴冲冲地把斧子送给财主,并把找到斧子的经过讲给财主听。财主见到了自己的斧子,就让农夫把他的儿子领回家了。

到了水稻收获的季节,农夫将新稻米炸爆米花吃。财主的女儿闻到爆米花的香味,很想吃,便请求父母也炸爆米花吃,但家中没有炸爆米花的砂罐。财主只好硬着头皮去向农夫借。当财主家正在爆米花时,不知从哪里来的两条狗追着打架,把借来的砂罐打碎了。财主把砂罐被打碎的事讲给农夫听,农夫边哭边捶胸顿足地说:"这只砂罐是祖上传下来的宝贝,你必须用原来的砂罐赔我才行。"即使财主以借一赔二、赔四甚至赔十,农夫仍然不答应。

财主一气之下就到法官那里去告状。法官问了双方的情由之后,决定让财主赔一只砂罐给农夫。农夫不服,此官司打到国王那里。当事人双方陈述了事情的经过,国王见那农夫非要财主还他原来那只砂罐不可,觉得这人也太计较了,肯定此事发生之前有什么背景。经国王的一番询问,农夫讲出了过去他曾向财主借斧子的一段往事。国王又问财主:"是否确有其事?"财主说:"不错,一点不假。"国王说:"如果真是这样,那财主应将自己的女儿作为赔偿,去农夫家中干活,这样才公道。"当事人双方听了国王的判决,连连称是,并叩谢国王,各自回家去了。

猪年的来历

很久很久以前，有一个财主，家中有一个儿子，可惜这儿子生下来就长有一副猪的模样，父母因生养这个猪娃而感到很丢脸。这猪娃生下来不久就会走路，会说人话，十分机灵聪明。当他长大后，更懂事、勤劳，会干各种农活，还帮助父母理财管家。

随着猪娃年龄的增长，父母对他的品德和为人很满意。有一天，猪娃突然对父母说："请考虑给我找个媳妇。"父母一听，感到十分为难，急得直摇头叹气，对猪娃说："孩子啊，你让父母去向谁家提亲呀，要是人家看见你长着这副模样，谁都不会愿意的。我们只有你这个独生子，我们像爱自己的生命一样疼爱你。现在我们家还算富裕，不愁吃穿，什么也不缺。但你让父母为你提亲这件事，我们太为难了，要是人家说三道四，我们也无言以对，反倒自讨没趣。假如你想找头猪做媳妇，这倒不难办到。"猪娃一听，口气坚定地说："娶猪做媳妇，我才不要呢！我要女人做媳妇，要是你们不替我找，我可就自己去找了！"

不久,猪娃不辞而别,离家出走了。财主夫妇到处寻找,也不见猪娃的踪影,心中十分焦急,但也束手无策。猪娃在离家之前,心中默默地祈祷:与我有缘分的妻子在何方,请神灵帮助指引我向那里走。猪娃径直向大森林走去,一连走了好几天,才在一个寂静的树林中遇上了一位正在挖木薯的老大娘。猪娃很有礼貌地问道:"老大娘在忙着挖什么呢?"老大娘见这个猪娃会说人话,感到十分惊奇,也很疼爱他,就回答说:"我在挖木薯,还没有挖完呢!"猪娃又问:"请问,老大娘您住在哪儿? 老大爷还健在吗? 您有几个孩子呀?"老大娘答道:"孩子,我的家住在那边,我的老伴已去世很久了,我守寡多年,现在和两个女儿住在一起。我的两个女儿都已长大成人,但还未出嫁。"猪娃听了,心里很高兴,就把自己的身世告诉了老大娘,并请求和她住在一起。老大娘心想,这个猪娃会说人话,又懂事,他父母还是财主,如果他喜欢我的女儿,而我的女儿也愿意嫁给他,那我就该成全他们。老大娘对猪娃说:"你先帮我挖木薯吧。"猪娃就用嘴拱地,不一会儿,就挖出了许多木薯,老大娘跟在后面,不断地拾起木薯往竹筐里放,很快就装满了两大筐。老大娘看着猪娃会干活的样子,打心眼里感到很满意。猪娃让老大娘把筐子放在他的背上,然后跟着老大娘一起回家去。

当老大娘回到家时,她的两个女儿连忙迎上去,老大娘就把在林中遇见的猪娃介绍给两个女儿,又从猪娃背上卸下两筐木薯。女儿走近母亲,悄悄地问:"这是从哪儿来的一头猪,怎么还会说人话?"母亲就把猪娃的身世详细地告诉了女儿。他们在一起住了段时间后,老大娘和她的两个女儿与猪娃相处得很亲密,他们常常一块去地里挖木薯和干其他农活。

一天,老大娘试探性地问女儿愿不愿意嫁给猪娃。大女儿态度很明确地回答:"我可不愿意!"当问小女儿时,小女儿回答说:"就由母亲决定吧,您让我嫁给谁,我就嫁给谁。"听了小女儿的回答,老大娘脸上露出了笑容,就把这件事对猪娃说了,猪娃听了喜出望外。老大娘按当地的传统习俗为小女儿和猪娃举办了热闹的婚礼,还为他们另外修建了新房,好让他们单独过日子。

大约过了半个月以后,传来一个民间歌舞队要到村里演出的消息,村子里的男女老少个个都兴高采烈,他们急急忙忙吃完晚饭后,就成群结队地去看表演。猪娃的妻子也很想去看,便对猪娃说:"我也要去看演出,你就看家吧!"当妻子和邻居走了一阵后,猪娃剥下身上猪的外壳,立即现出了一个英俊小伙子的模样,他又迅速打扮修饰了一番,就往演出场地奔跑过去,他比妻子还先到,并自告奋勇地参加了演出。他表演唱歌跳舞,对吹、拉、弹、拨等各种乐器,样样都在行,赢得了观众们的热烈掌声。当演出快要结束时,猪娃又悄悄地藏了起来,比妻子先回到家中,把原来的猪的外壳又套在身上。妻子回到家后,猪娃就故意问她:"今晚的演出好看吗?"妻子把看到的节目眉飞色舞地描述了一遍,还说:"有一个乐师长得非常英俊,歌也唱得动听,舞姿也十分优美,大家都喜欢他的表演。"猪娃说："那个乐师是不是穿的红上衣、蓝裙子?"妻子说："对呀! 你怎么知道的? 难道你也去看表演啦?"猪娃只是笑而不语。

歌舞队演出的第二天,猪娃的妻子让丈夫同意她再去看演出,猪娃和上次一样,比妻子晚出门,先回家,没有露出一点破绽。当妻子看完演出回来后,猪娃就问："今天的演出怎么样,好看吗?"妻子答道："今天的演出比昨天更精彩。"猪娃笑了笑,神气十足地说："演得最好的是那个穿白上衣、蓝裙子的男子,对吗?"妻子感到很纳闷地问："你是怎么知道的? 真奇怪!"演出的第三天,妻子又请求丈夫让她去看演出,这次她走出门后,就悄悄地躲在屋外,偷看丈夫的行踪,她亲眼看见丈夫从猪的外壳中走出来,见到一个非常英俊的小伙出现在那里,和舞台上表演得最出色的那个男子一模一样。她激动地冲向丈夫,一把抱住了他,再三央求他不要再钻进猪壳里面去。丈夫答应了妻子的请求,但有个条件,要妻子妥善地保存好这个猪的外壳,妻子一口答应。从此,这对夫妻过着幸福美满的生活。

这时,国王驾崩,王位空缺,文武百官聚在一起商讨王位的继承人。而猪娃这个神奇的传说已传遍全国各地。宫廷派人来请这个了不起的猪娃继承王位,来治理这个国家。猪娃当上国王后不久,便带着王后返回故乡,寻访自己的亲生父母。国王找到了财主家,财主又惊又喜,热情地接待了国王。国王问财主家的情况,财主回答说:"我就只有一个猪娃,会说人话,后来有一天,猪娃要我们去给他提亲,我们说不行,他就离家出走,至今未归,现在不知道他生活得怎样,我们十分想念他。"国王听后,将事情真相和盘托出。财主夫妇喜出望外,万分激动,立即拥抱国王。国王就让父母以及王后的母亲、姐姐一同搬进王宫。

虽然国王已从猪壳里走出来很久了,但他仍然十分怀念过去曾与猪相伴的岁月,便下令占卜先生将猪列入十二生肖中去,这样,在人们纪年时就有了猪年的说法。

威力在神　智慧在人

古时候,有一户穷人家,家中有一个儿子叫克盟。自从他一出世,就有一个恶神跟随着他。还在克盟很小的时候,父母就双亡,克盟是由祖母拉扯大的。

一天,克盟上山打柴,碰到一个善神,这个善神有意想帮助他富裕起来,便对恶神说:"自从你跟随克盟以来,他的父母去世扔下他不说,还让他过着穷苦的生活,由此可见,你的本事真大啊!"恶神回答道:"你真相信我有这么大的能耐吗?"善神说:"的确是这样。可是,现在我请求让我照顾他一次吧!"恶神同意把克盟让给善神关照,自己就飞走了。正在砍柴的克盟,似乎感觉到善神的来到,突然产生了一个想法:"唉,如果我能有点钱,也好养活我那年迈的祖母。如果我死了,那谁来为我祖母养老送终呢?还是回去和祖母商量,我们祖孙二人去财主家当用人,也好混口饭吃。"克盟回家把自己的想法告诉了祖母,祖母也只好依了他。

当祖孙二人来到财主家大院时,便坐在财主家的高脚屋梯子旁。不一会儿,财主夫妻走下来,瞥见两人坐在那里,便问:"你们来这里干什么?"克盟很有礼貌地回答:"我们祖孙二人来找活干,只求财主老爷给口饭吃就行。"财主说:"那好,你们就留在我家当用人吧!"克盟请求道:"老爷,请允许我在厨房和大厅里干活吧!"财主表示同意。祖母就负责照看晒在院子里的稻谷,不让鸡鸭来吃稻谷。克盟尽心竭力地为主人干活,从不出半点差错,赢得了财主的同情和好感。就这样过了三四年,克盟又请求财主让他去放牛,财主也欣然同意。他给每头牛都换上新的绳子,修理好牛棚,并打扫得干干净净,饲养的牛一下子猛增到一千头。日子一长,财主夫妻就商量,自从克盟去放牛以来,我们还从未去看过他是怎样干活的,等哪天去观察一下。财主夫妻二人在查看了牛棚和放牛娃干活的情况之后,表示非常满意。回家后,夫妻二人一致认为克盟这孩子是个忠诚于主人的用人。

　　一天,克盟像往常一样去放牛,在赶牛回牛棚时,路过一个池塘。他牵着牛一起到池塘泡泡水,他踩着了一块块石头,自言自语地说:"什么石头这么多? 把我的脚硌得很难受。"说完,随手捡起一块,原来不是石头,而是一块金光闪闪的金子,后来发现这池塘底全是金子,就拿一块回家给祖母看。克盟把牛赶进牛棚后,就把这块金子交给祖母。祖母好生奇怪地问孙子:"你在哪儿拿的? 还给人家吧! 我不敢要这么大一块金子。"克盟听了祖母的话,就拿去放回到原来的池塘中。

　　有一天,国王想试探一下自己手下的四个武将是否忠于自己,便命令他们当晚在皇宫门守夜。四个武将接到圣旨后,根本不去考虑国王的用意,就在皇宫门一觉睡到天亮。深夜时分,国王悄悄去查看,见他们一个个都睡得很香。第二天,国王下令把四个武将全都斩首。过了几天,国王又下令找四个财主去皇宫门守夜。克盟的主人也接到圣旨要去守夜,他很害怕,因为先前四个武将的死因不明,现在该轮到自己丧命的时候了。

　　主人全家为此事担惊受怕,哭作一团,不知所措。克盟听到主人家里哭声一片,就上去问:"老爷,你们为什么哭得这样伤心?"财主便把事情的来由告诉克盟。克盟说:"我去顶替你好了。"财主转悲为喜,立即让用人找出好衣服给克盟穿上,克盟穿戴好后,就和另外三个财主一起去皇宫门守夜。临走时,他还带上了一把防身的短剑。那三个财主一开始坐在那里有说有笑,到了深夜都睡着了,克盟一人坐在那里,不时地环视四周有无动静。这时,国王也像上次那样出来察看,克盟看见了,以为有贼,便抽出剑来准备追过去捉拿。国王事先早有防备,迅速逃跑了。那天夜里,国王一连查看了三次,三次情形都一样。第二天,国王下令将那三个夜里睡觉的财主斩首,下令让克盟来问话。国王问:"你这个财主叫什么名字?"克盟说:"我是某财主的儿子。"国王又叫那个财主来问话,财主心里很慌张。国王指着克盟说:"他是你的儿子吗?"财主只好顺水推舟地说:"是的。"国王说:"朕要留他做养子。"财主只好把克盟献给国王当养子。一切皆因善神的帮助,克盟真的交上了好运。国王把公主许配给克盟,并把王位让克盟来继承,举行了隆重的登基仪式。过了一段时间,克盟国王想起了池塘中的金子,便让自己的财主父亲把那些金子全部运回家。

　一天,克盟在宫中觉得有些烦闷,想外出活动一下,便征得老国王同意。老国王说:"你是贫民出身,按传统习俗,外出应该偕王后同行。"于是一大群随行官员和宫女陪着国王和王后浩浩荡荡出了皇宫。这时,过去曾跟随过克盟的恶神又回来了,与善神相遇。恶神对善神说:"你能把一个穷人变成为国王,可见你的本事真大。现在,让我来陪伴他吧。"恶神和善神刚一交接,天上电闪雷鸣,下起了瓢泼大雨。恶神的到来,使克盟国王思想放松,加上自然环境使他触景生情,竟然在众官员和王后面前感叹道:"朕一听到打雷,就想起了过去放牛的那些岁月。"不料这句话被王后听到,她回宫后便禀告老国王:"父王不该把我嫁给一个放牛娃,他在众官员面前说,一听到打雷就想起过去放牛的日子。真丢人,我不要这样的驸马。"老国王就把克盟打入牢房。善神又回到克盟身边,对恶神说:"你真行,你刚陪伴他,就把他从国王打成为阶下囚。克盟这个人还是交给我来管吧!"善神的到来,使克盟马上想到:"我真不该说漏嘴,泄露了天机,害得自己坐牢,好在没有人知道我坐牢的事。事不宜迟,我让财主在一天之内把从池塘捞出来的那些金块加工成一百头金牛,放在一百只金盘子里送来。"想好之后,就让典狱长去财主家传圣旨。财主立即找了许多金匠,在一夜之间照克盟的话把金块做成了一百头金牛,放在一百只金盘子里。第二天,财主的女用人们列队托着这些金牛送入皇宫。国王的侍从问:"姑娘们把这些金牛送到哪里去?"她们回答:"献给国王。"老国王这才明白过来,对公主说:"女儿啊!驸马说怀念过去放牛的日子,他说的不是一般的牛,而是这些金牛啊!你瞧,不都在这里吗?好了,女儿别再生他的气了。"老国王立即派人把克盟从牢房里请了出来,仍然让他继承王位。不久,克盟把祖母接进宫里,让她过着幸福的晚年。

兔子的故事

（一）

很久很久以前,水獭、鸡、鹰、虎和兔子五种动物一起商量,想合力建房。虎首先建议说:"盖房子,我们必须先去割草,才能盖房。"大家点头同意后,就一起向森林走去。它们发现一片茂盛的草地,便停下来搭个棚子住下,准备干几天,把盖房的草备足。在它们动手割草之前,觉得应留一个动物在棚子煮饭烧菜,这样割草回来才能吃上饭。鹰建议虎大哥先带个头,第一天留下来烧饭。决定之后,其他动物就继续往森林走去。兔子说:"喂,我看大伙儿就在这里割好了,别再走远了。你们瞧,这里的草长得多好啊!"其他动物表示赞成兔子的意见,就开始割起草来。

水獭、鹰和鸡干得很勤快,兔子想找个借口到处去玩玩,便说:"哎哟,我的肚子好疼啊!"它趁机去看虎大哥做什么饭吃,正巧看见虎大哥向一只鹿扑去,准备抓鹿回来做鹿肉佳肴。兔子跳跳蹦蹦,漫山遍野跑着玩,日头偏西,快要收工时,兔子在忙着割草的水獭、鸡和鹰的面前停下,假装用前腿捧着肚子,浑身发抖,让伙伴们相信它真的生病了。它们说:"兔子不割草,到处跑着玩。"兔子连忙辩解说:"众位大哥,请听我说,我的肚子疼得很厉害,我高烧不退都快要死了。你们就可怜可怜我吧!"大伙儿听兔子这么解释也就不再说话了。过了一会儿,兔子说:"天晚了,我们该收工了。你们猜猜看,今天晚上虎大哥做什么菜给我们吃?"水獭、鸡和鹰都说不知道。兔子又说:"我猜有鹿肉吃,如果我猜对了,你们几个都不该吃。如果我猜错了,我就不吃。"回到棚子,兔子假装问:"虎大哥,你给我们烧什么好吃的呀?"老虎端出一大盆鹿肉来给大伙儿吃。兔子自以为猜对了,就得意扬扬地只顾自己吃,不让水獭、鸡和鹰吃。然而在大伙儿的强烈要求下,它们也都吃到了鹿肉。

　　第二天、第三天、第四天分别轮到水獭、鸡和鹰在棚子值班,看守临时住处和为大伙儿做饭。它们都承担起自己的任务,做出各具特色的可口菜肴,而这几天里兔子总是装病,不是这儿疼就是那儿痒,从不出力干活,天天都去偷看值班者做什么菜。第五天,轮到兔子值班。由于它从未单独干过活,没有这方面的经验,这一下可让它为难了。等到割草的伙伴回来,拿什么菜给它们吃呢? 一开始,它模仿老虎去追鹿,但鹿个头大,小小的兔子根本不是鹿的对手。鹿用角轻轻一顶,就把兔子摔了个四脚朝天,满身是泥。接着,兔子又模仿水獭,到湖里去抓鱼,鱼使劲一拽,把兔子拖下水。

兔子害怕被淹死,只好把鱼放掉,狼狈地爬上岸来,蜷缩着身体像一只猴子,冻得全身发抖。兔子又学鹰爬到树梢,看准湖中的鱼后,跳到水里抓鱼,结果又一次被水淹,兔子吓得两眼翻白,面无血色,像一具僵尸。最后,它想到学鸡生蛋,把锅端来,撅着屁股拉屎,再掺些水,煮给水獭、鸡、鹰和虎吃。四个伙伴割草归来,又累又饿,就把锅里的东西全吃光了。而兔子推托自己不舒服,蒙着头躺下歇息。等大伙儿吃饱,兔子便大声说:"你们刚才吃了我拉的屎。"四个动物大怒,把兔子赶了出去。睡了一夜,大伙儿对兔子的气也消了,就准备一块儿运草走出森林。

大家动手将几天来割的草装在象背上,兔子骑在上面,它做起恶作剧来,把草点着了。象感到背上一阵火辣辣的难受,便发疯似的用象鼻胡乱挥舞。兔子纵身跳下,拼命逃窜。大象紧追不舍,恨不得一口把兔子吃掉。这次兔子再佯装肚子疼就不行了,因为大家已经识破它的诡计,不再上当受骗了。这次兔子吹嘘说:"玉皇大帝派我来采树叶,如果老虎敢吃我,老虎就会被打入十八层地狱。"老虎一听,吓坏了,就立即起誓,决不吃兔子,而且还要帮助兔子采树叶。兔子又用藤条荡秋千,坐在上面晃悠悠,后来又待在蜂窝旁。它领着大象跟着自己做,并解释说,这是玉皇大帝的旨意,请大象不要生兔子的气。大象信以为真,结果由于大象身体太重,荡秋千时藤条断了,摔倒在地,坐在上面被夹了尾巴,在蜂窝旁被蜜蜂蜇了个鼻青脸肿。兔子的这些花招又一次激怒了大象,大象

便不由分说地追赶兔子。兔子忙着逃命,不小心掉在一个枯井里。它又编出谎话,说天要塌下来了。大象害怕天塌下来,也跟着跳到井里,并用力把兔子抛出井口,以报复一下兔子,岂料这正好让兔子脱离了困境。

(二)

当兔子从井里被大象抛出来后,就来到村口休息。正巧这时有一个老妇人路过,她头顶着香蕉进村去卖。兔子看见后就想:"现在我已筋疲力尽,怎样才能吃到筐里的香蕉呢?看来只有装死躺下。"它就故意躺在路边装死。老妇人走到兔子跟前,见它躺在路边一动也不动,以为真的死了,就惊叹道:"今天出来卖香蕉,可遇上了好运气,还捡到一只兔子,等我拿回去烧着吃。"然后,她把兔子放在筐里就继续往前走。兔子在筐里悄悄地剥香蕉吃。当老妇人来到一户要买香蕉的人家放下筐时,兔子趁机溜掉,再看筐里,只剩下香蕉皮了。老妇人说:"哎呀!原来我捡的是只活兔子,我还以为它死了呢!"老妇人的香蕉没有了,兔子也溜掉了。

兔子跑出村,又蹿入森林,看见一个池塘,想歇下来喝水。这时,池塘里有一只田螺出来阻止说:"你这个兔子,干吗喝我的水?"兔子说:"这水是我父母的。"田螺说:"不对,是我的水。"兔子又说:"那好,咱们比赛,我沿着池塘边跑,你在池水里游,如果你游得快,那我就不喝这水。如果我跑得快,我就可以喝。"田螺与自己的伙伴商量:"我们大家在池塘边排成行,像跑接力赛一样,当兔子叫的时候,后面的田螺不要出声,让前面的田螺回答就行了。"田螺就这样布好阵,兔子沿着池塘跑一会儿,就喊一下,前面的田螺就咕咕地答应。兔子想:"不得了,怎么田螺游得这么快,总在我的前面?"兔子又喊一下,田螺仍在兔子前面答应。这一下,兔子认输了,发誓再也不喝池塘的水。从此,兔子只好喝露水。

兔子输给田螺后,很扫兴。它想到池塘对岸去玩,无奈自己不会游泳。这时,它看见一条鳄鱼在池塘里游来游去。兔子想要利用鳄鱼把自己驮到对岸。它问鳄鱼:"鳄鱼大哥,你身上长的什么东西,疙疙瘩瘩的?"鳄鱼说:"这叫癣。"兔子说:"你把我驮到对岸,我就帮你治好身上的癣。"鳄鱼听说兔子要帮自己治好癣,很高兴,就立即爬上岸来,对兔子说:"你爬到我的背上,我驮你过去,只要你帮我把癣治好就行。"兔子摘下几片树叶放在鳄鱼背上垫着坐。鳄鱼问:"还垫什么树叶呀,直接坐在我背上就行了。"兔子回答说:"鳄鱼大哥,你对我有恩,只怕直接坐在你身上不妥。"边说边坐下。鳄鱼完全相信兔子的话,使劲游,一直送兔子到了对岸。这时,兔子喊道:"你身上长的癣是从娘胎里带来的,根本治不好。"鳄鱼非常生气,很想找个机会报复一下这个耍欺骗手腕的兔子。

过了几天,鳄鱼装成一段木头在水中漂浮着。兔子看见一个

东西在水上漂,心中纳闷儿,这究竟是条鳄鱼呢还是一段木头？于是就喊道:"喂,你要是鳄鱼就逆水游,如果是木头就顺水漂。"鳄鱼听见后,便顺水漂。兔子哈哈大笑:"啊！你这个坏家伙,分明是鳄鱼,还想骗我。"鳄鱼再一次输给了兔子,便爬上岸来,装死躺着一动也不动,嘴巴张得大大的。兔子跑过来,跳进鳄鱼的口里,摸着犬牙玩,并说:"这犬牙真大呀,掰下来做刀柄。小的牙用来给我老婆做切槟榔的刀。"这时,鳄鱼闭上嘴,兔子顺着鳄鱼的食道滑进肚子里。兔子说:"这下太好了,我正想尝尝这弯弯曲曲的肠子是什么味道,不料现在来到肚里却全然不费力气,我可要把这些肠子吃个精光。"说完,兔子用爪子在里面扒得扑扑直响。鳄鱼听说兔子要吃自己的肠子,便求饶说:"兔大哥,可怜可怜我吧！你快点从肚子里出来,我不敢咬你。"兔子说:"既然你求我,我就饶了你这一回。"鳄鱼张开嘴,兔子趁机跑了出来。

（三）

一天,兔子偶然发现一片瓜地,满园子的瓜又大又甜。这可把兔子乐坏了,它天天都去园子里偷瓜吃。没过多久,农夫发觉瓜被偷了,就暗中布下套子。夜里,当兔子来偷瓜时就被套子夹住了。兔子怕农夫赶来会要它的命,心里十分害怕。正巧这时有一只癞蛤蟆在旁边跳来跳去。兔子看见癞蛤蟆,灵机一动,这下有救了,就故意问:"癞蛤蟆兄,你身上长的什么呀?"癞蛤蟆说:"我身上长的是癣。"兔子说:"癞蛤蟆兄,你帮我把这套子解开,我保证把你的癣治好,你不用担心。"癞蛤蟆信以为真,很爽快地答应了。癞蛤蟆费了很大劲才把套子解开,兔子得救了。兔子马上翻脸说:"从你祖祖辈辈以来身上都长癣,谁也无法治好它。"癞蛤蟆气得肚子鼓鼓的,想追上去咬兔子几口,可又跑不快,只好认输。

第二天早上,农夫醒来,到瓜地里察看套子是否夹到什么偷瓜的动物,发现被套住的兔子逃跑的痕迹,农夫遗憾得直跺脚,嘴里还唠叨说:"这回没有吃着兔子肉,真可惜!"农夫不死心,又重新布下套子。这天晚上,兔子又想去园子里偷瓜吃,它忘记了上次中圈套的教训,结果再次被套子夹住,它不知该怎么办。癞蛤蟆看见兔子被夹住,边跳边拍掌地谴责说:"你上次骗了我,这次又被夹住了,看你那狼狈相,丑死了,没有谁会来救你。"兔子被癞蛤蟆羞辱,怀恨在心,可狡猾的兔子表面上仍装得很和气地说:"过去我骗你是因为当时我还没有搞到治癣的药。这次我说的可是千真万确的,没有半点假话。我看见有一个姑娘很漂亮,长得细皮嫩肉,像一朵刚开放的玫瑰花。我想去替你提亲,你不要太性急。我已经对人家说过一次了,人家也答应做你的妻子。如果你把我救出来,我就去为你操办这门亲事。"癞蛤蟆是一种贪恋女人的动物,听说要给自己娶漂亮的妻子,就忍不住内心的喜悦,想尽早把妻子娶来,就对兔子说:"这次你说的可是真的,可不许再骗我了。"兔子答道："怎么老是骗你呢？上次实在是没有办法才骗你的，这次的事好办，因为吴哥城里年轻美貌的姑娘多得很，即使我不帮你提亲，你自己去也行。"癞蛤蟆被兔子的甜言蜜语所打动，就再一次帮兔子松开夹子。当兔子逃脱险情时，便说："你身上的癣这么难看，哪个姑娘肯嫁给你呢？我是骗你的。"说完撒开腿就跑了。癞蛤蟆恨得要死，但无论如何也追不上兔子。

兔子逃到森林中躲起来，被老虎发现。老虎想吃掉兔子，就慢慢地向兔子走去。兔子很机灵地察觉到，便故意大声对老虎说："咦，今天是怎么啦？我平时吃五只大象也不在话下，今天只吃了一个茄子嗓子怎么堵得难受？要是能吃到老虎的肝就能润润我的嗓子了。"老虎一听，吓得不敢向前，便跑去找猴子，把自己所见到的情况叙述了一遍。猴子问道："你说的那个小动物长得像什么样子？"老虎说："那动物身体大小就像我的前腿一半长，耳朵长，尾巴短。"猴子说："啊，那是兔子。它最喜欢说谎，别怕它！"老虎说："不，猴哥，你可不知道，我看见兔子周围堆着许多它吃剩下的象牙碎片。"猴子说："不可能，我和你一块儿去，把事情搞清楚。"老虎说："不，我害怕它。现在它正想吃虎肝，我去的话就是送死。到时候它追我们，你爬上树就可以溜掉了，可我就白白地被它吃了。"猴子说："你怎么这样傻？如果你不相信我，那就用藤条把我捆在你的背上，然后再去。"老虎就照猴子的主意把猴子捆在自己的背上，一起去找兔子。兔子看见老虎与猴子捆在一起走来，就喊道："啊，你这刁猴,欠我的债两三年了,今天想用一只骨瘦如柴的老虎来抵债。"老虎听到猴子是把自己拿来抵债的,吓得浑身发抖,拔腿就跑,把猴子摔了个仰面朝天,咧着嘴,说不出话来,也无法辩解。老虎又跑了几步,再回头看时,见猴子咧着嘴,还以为是猴子在讥笑自己,便奋力挣断了藤条,自己逃命去了。

鳖 的 故 事

鳖总是雄雌成对地生活在一起,雄鳖往往趴在雌鳖的背上。在柬埔寨民间,人们讥笑那些依靠妻子生活的懒惰男子说:"不要像鳖那样生活。"对于鳖这样的生活方式,民间有这样一个传说:

古时候,有一个国王,他有一个非常漂亮的王后,不足的是既没有王子,也没有公主。一天,国王下令叫占卜师来占卜,怎样才能让王后生个王子。占卜师说,国王必须举行一个隆重的拜神敬神仪式,方可得一王子。国王照占卜师的话去做了。不久,王后果然生下一个王子。王子长得英俊非凡,国王和王后都非常高兴。当王子七岁那年,王后带他到花园去散步,正当王后和王子在宫女和侍从的簇拥下走向花园的时候,有一只金翅鸟在空中盘旋觅食,金翅鸟突然俯冲下来,张开大嘴把人群中的王子叼走了。王后对这突如其来的灾祸手足无措,为失去爱子而失声痛哭。宫女和侍从都眼睁睁地看着金翅鸟带着王子朝大海的方向越飞越远,直到在空中消失。王后悲痛欲绝地向国王诉说了这个不幸的消息。国王对这飞来横祸感到痛心疾首,他想,王子是由于占卜师的指点而来到人间的,现在应仍请教占卜师想办法来搭救王子,于是就召占卜师进宫,测算一下王子的命运。占卜师说,现在王子没有生命危险,不过,在金翅鸟叼王子回去的路上会遇到麻烦。

国王得知王子还活着,心中宽慰了许多,并立即下令派人鸣锣通报全国,寻找武艺高强的人去搭救王子,如有谁能从金翅鸟那里救出王子,必有重赏。可是,没有一个人敢于站出来接受这一艰难的重任。过了两天,传令官鸣锣通报来到海边,有一位名叫娜姆格利斯的渔家姑娘站出来,她担保能救出王子。传令官就带这个姑娘觐见国王。国王热情赞扬了姑娘的勇敢精神,并郑重许诺,只要能救出王子,将赐给姑娘丰厚的礼物作为回报。娜姆格利斯姑娘告辞了国王,踏上了拯救王子的征途。

金翅鸟叼着王子飞越大海来到一个岛的上空,不料遇上暴风,金翅鸟一松嘴,王子就从空中掉在沙滩上,顿时昏迷不醒,躺了一个晚上,海岛上的清新空气和露水使王子从昏迷中苏醒过来。金翅鸟不甘心眼看到嘴的食物就这样失去,就在空中来回盘旋寻找,可始终没有发现王子的踪影。

娜姆格利斯姑娘一路打听王子的下落,她不顾饥渴劳累,日夜兼程。她翻山越岭,横渡大海,终于来到那个海岛上,惊喜地发现了王子。王子喜极而泣。姑娘向他讲述了寻找他的一路经过,就让王子搂住自己的脖子,渡海过去。游到大海中间,由于风浪太大,王子被冲到姑娘后面,姑娘立即转身,抓住王子的衣服,但王子不幸被海水呛死,姑娘悲痛万分,同时害怕国王追究自己的过失,便毅然决然把王子驮在自己的背上,一同沉入海底。

后来,王子和姑娘两人都变成了鳖,直到现在,人们可以看到雄鳖的身体比雌鳖小,而且一直趴在雌鳖的背上,靠雌鳖来养活自己。在柬埔寨民间还流传着这样一种说法,如果雄鳖从雌鳖的背上掉下来,那雄鳖肯定会饿死。

犀牛的故事

犀牛生活在丛林里,以荆棘为食物,只喝浑浊的水,如果没有浑浊的水,它就用脚去搅浑清水使其浑浊,然后才喝。犀牛的背上长有厚厚的一层肉,看上去形状酷似马鞍。犀牛的表皮粗糙,且高低不平,是一些昆虫寄居的地方。犀牛是猎人们捕杀的目标之一,因为它的皮、肉、血、筋、骨及粪便等都是极好的药材。它的四条腿与大象的腿相似,但没有象腿那么粗,和野牛的腿大小差不多,脚掌呈方格形,类似棋盘。它常与象群生活在一起,但它的威望比大象高。因此,许多动物都害怕犀牛。犀牛之所以长成这副模样,有如下一段来历。

古时候,有一位国王非常好色,他迷恋一个名叫莫拉的乡村姑娘。一天晚上,国王骑在犀牛背上,由一个名叫冬姆的侍从牵着去莫拉姑娘的住处。在途中,国王遇见一个相貌酷似莫拉的女人,但定睛一看,知道看错人了。国王急于见到自己心爱的姑娘,命令冬姆加快步伐赶着犀牛到目的地。当国王来到莫拉姑娘的家中时,

165

就命令冬姆把犀牛拴在莫拉家旁边的酸角树上。姑娘见国王驾到，连忙出来行大礼、请安，然后问国王说："陛下亲临寒舍，不知是乘什么而来?"国王答道："朕骑犀牛来，我的侍从正把它拴在酸角树上。"国王和莫拉的对话，犀牛没有完全听清，只听见说什么酸角树，便以为国王说骑酸角树来的，不是骑它来的，因此，犀牛心中很不高兴，它想自己非常忠诚于国王，尽管天黑路不好走，还是乐意送国王出远门，而现在国王却说是骑酸角树来的，它越想越觉得委屈，就拼命挣脱绳索，飞快地朝森林跑去，决心再也不回来为人类服务了。坐在树下歇息的侍从冬姆见犀牛跑了，就立即追上去，苦苦哀求，但无济于事。当国王得知犀牛挣断绳索跑掉时，也跟在后面又喊又追。当冬姆追到一片草地时，他抓住了犀牛的尾巴，但犀牛仍一个劲地往前跑，冬姆用力一跺脚，地面便一块块地裂开，场面非常吓人，国王在后面大声喊叫："冬姆，快放了它，快放了它!"这时，冬姆才松开手，犀牛带着鞍子跑进了森林。

国王对着远去的犀牛大声骂道："从今以后，你们这些家伙只配吃荆棘、喝浑浊的水。"

由于犀牛逃跑时背上有国王坐的鞍子，所以犀牛的背上，长有厚厚的一层肉。而侍从冬姆跺脚的地方，变成了一个大坑，后来变成了一个湖，名叫"冬姆灵湖"(其意为"冬姆松手")，国王喜欢的姑娘莫拉住的村子，至今仍叫莫拉村。国王在途中看见一个酷似莫拉姑娘的地方，人们称"柏乐海尔村"（其意为"大致相似"），后来人们口传为"柏乐哈尔村"，就是现在菩萨省巴干县罗公乡。

乌龟的故事

    在那遥远的年代，有一次发大水，老虎、大象、狮子、犀牛、鹿等动物都躲进了深山，只有乌龟原地不动，当洪水上涨时，乌龟就爬到河中，和鱼儿一起游玩。当洪水一下子退了后，它的脚被树的枝丫夹住，悬挂在半空中，乌龟动弹不得，一筹莫展，只好等死了。不久树根旁长出了许多嫩嫩的青草，有一头大象走过来吃青草，有气无力的乌龟见到大象，精神振作起来，心想，这下有办法了，我得让大象找些食物来送给我。乌龟对大象说："是谁在树下？干什么的？"大象回答："我是大象呀！"乌龟说："噢，大象哥，你知道我是谁吗？我告诉你，我是印度波罗奈城派出的大使，国王派我在此等你，要我告诉你，你的祖先过去是国王的侍从，它拿了国王的御扇坠儿，偷偷跑出宫，所以直到现在，你的尾巴上还长有这个御扇坠儿！"大象听了，又看了看自己的尾巴，就信以为真，害怕得浑身发抖，回答说："乌龟兄，这事我可一点也不知道。"乌龟说："这是你祖先偷的，但那东西现在长在你身上，如果你想赎罪，你必须找有一条腿的动物来给我，我拿去呈给国王。"大象听了，哭丧着脸，就急急忙忙去寻找长有一条腿的动物。

在途中，一只老虎看见大象流着眼泪走来，问道："大象哥，你有什么为难事，干吗痛哭流涕的?"大象把遇到乌龟的经过告诉给老虎，老虎说："你怎么上了这个该死的乌龟的当呢？我们俩一起去找它!"大象和老虎一起返回找到乌龟，乌龟对老虎大声喝道："你的事情更严重了，你胆敢偷国王的虎皮被!"老虎辩解说："我生来就是这样子的!"乌龟说："这罪证确凿，哪能赖得了！你要想赎罪，就和大象一块去找有一条腿的动物来给我吧!"老虎不得不垂头丧气地和大象去寻找长有一条腿的动物。

在途中，它们遇到猴子，猴子见老虎和大象如此伤心，在问清情由之后，猴子感叹道："唉，你们上了乌龟的当了，我跟你们一起去找它，问个明白!"

三个动物又去找乌龟，乌龟对猴子说："哟，是猴子先生啊！我正要找你呢！你的尾巴是什么，你知道吗？我告诉你，你偷了国王的梭镖杆，你的尾巴就是国王的梭镖杆，少啰唆，赶快去找有一条腿的动物来。"大象、老虎和猴子又被乌龟吓得退了回来，一起去找有一条腿的动物。在路上，它们又遇到孔雀，孔雀表示愿意去找乌龟争辩。到了大树下，乌龟先对孔雀说："是孔雀呀，你竟敢偷国王的羽毛扇!"孔雀无言以对，不知所措，乌龟威胁说："快去，和它们一起去找有一条腿的动物，否则你将受到惩罚!"四个动物只好又退回去，在半路上，它们遇到兔子，把事情经过告诉了兔子，兔子说："我想办法对付乌龟。"

五个动物一起去找乌龟，乌龟想，兔子这家伙可聪明了，我要想妙计来吓唬它，于是就对兔子说："哟，兔子判官来了，你的家族都是当判官的，不该去偷吃国王御膳堂的米粉条啊！真是人们说的'神仙的嘴，强盗的心'啊！"兔子心想，我原本是来帮助它们的，现在反倒被扯进去了，它十分害怕。乌龟趁机大骂它们说："你们这些大笨蛋，找了半天也不知道一条腿的动物是什么，我告诉你们吧，就是蘑菇呗！我是想考考你们是否有智慧。"

大象、老虎、猴子、孔雀和兔子就一起去采了许多蘑菇，送给乌龟。乌龟让猴子爬到树上把它从树枝上放下来，还让猴子在大象背上搭一个棚子，把蘑菇放在里边，乌龟就躲在棚子里痛快地吃着蘑菇。乌龟还命令大象去波罗奈城，让老虎、猴子、孔雀和兔子也跟随前往。它们来到一个大池塘边，见池塘中开着许多莲花，乌龟又耍了一个花招儿说："大象，你先停下来，大家听着，我是宫中派出的钦差大臣，我每次进宫，宫女们都要我给她们送莲花。猴子，你把我从象背上抱下来，我要去采莲花。"猴子就把乌龟放在地上，乌龟立即爬进池塘，向深处游去，而池塘边的大象、老虎、猴子、孔雀和兔子等了很长时间，也不见乌龟露出水面。这时，它们才恍然大悟，都上乌龟的当了。

乌龟赴宴

在很久很久以前，有一棵糖棕树上住着一只乌鸦王。一天，乌鸦王要为儿子筹办婚事，就派了一些乌鸦飞出去邀请客人来参加婚宴，又派一些乌鸦去寻觅稻米、水果、鱼、肉等食物，准备用这些丰盛的食物来招待宾客。到了给儿子举办婚礼的吉日良辰时，被邀请来的客人很多，它们个个都兴高采烈地向乌鸦王表示祝贺，在一起尽情地吃喝。婚事办得热闹非凡，整个林子洋溢着一片欢声笑语。

在被邀请的客人中，有一只乌龟，由于生来腿就很短，虽然它拼命地赶路，但仍然是最后一个来到。当它爬到糖棕树下时，抬起脖子向上一看，见许多动物正在树上尽情地享用美餐，自己却又饿又渴，不知该怎样才能爬上树去。这时，有一条蛇爬到乌龟身边，乌龟就问蛇："蛇大哥，你上哪儿去呀？"蛇说："我准备去参加乌鸦王家的婚宴。那你在这里干什么呀？"乌龟说："我也是来参加婚宴的。"蛇说："既然这样，那就请你咬住我的尾巴，我往上爬，把你带上去就是了,不过,请你注意,一定不能张口说话。"乌龟十分高兴,就照蛇的指点,立即咬住蛇尾,蛇就慢慢往上爬,一直爬到树上动物聚集的地方。乌鸦王见乌龟来到,就立即飞过来,向乌龟表示问候:"哟,乌龟兄也来了,欢迎,欢迎!"乌龟听了受宠若惊,得意忘形,把蛇的嘱咐早已置之脑后,连忙开口答道:"是!"话音未落,乌龟的嘴巴脱离了蛇的尾巴,只听吧嗒一声摔在地上,乌龟的背摔裂了。一直到现在,龟背上摔裂的痕迹还清晰可见。乌龟这次赴宴,不但没有吃着东西,还差点送掉性命。

狼吃鱼虾的故事

从前,有一只肥肥大大的狼,到了秋凉季节,能捕捉到的猎物明显减少了,便到处寻找干涸的湖泊、池塘,想抓到一些鱼虾来充饥。它来到一个池塘边,看见整个池塘的水都干涸了,只剩下一个满是泥泞的小水坑,里面有很多小鱼、小虾和螃蟹在苦苦地挣扎着。狼见此情景,十分得意,自言自语道:"今天我的运气太好了,入秋以来,还没有碰上这样丰盛的美餐。"聪明的小虾听到狼要吃自己的同伴,就哄骗狼说:"没错儿,我们都是狼大哥的口中食了,谁也跑不了。不过,您瞧,我们个个浑身都是泥泞,您就这样把我们吃下去是不会好吃的。"狼回答道:"依你说,怎样才好吃呢?"小虾说:"狼大哥,您把我们放在水里洗干净,然后再吃,味道就好了。"狼说:"你们那么多鱼虾蟹,让我怎样才洗得干净呢?"小虾说:"狼大哥,您别担心,我保证想办法让您办得到,不过您一定得听从我的安排。"狼回答道:"虾兄弟,你说吧,我一定照你说的去做。"小虾说:"您到这泥坑里打个滚儿,我们大家就紧紧攀附在您的背上,然后您把我们带到清澈见底的湖水或溪水里洗洗干净,您就可以随意地美餐了。"

狼是个性情贪婪并且愚笨的家伙,就按小虾说的去办。鱼、虾、蟹合计好攀附在狼的背上,来到一个大湖里,湖水清清,狼刚走下湖里,早就饥渴难忍的鱼虾立即跳入水中。这时,小虾又说:"狼大哥,请把那边原来泥坑里剩下的鱼、虾、蟹全都运过来,洗干净后再吃。我们在这里等您。"狼又返回去,把全部鱼、虾、蟹都运到湖水里。

当鱼虾蟹得知同伴都被运过来了,便一块儿潜入深水中消失了。狼这才知道自己被小虾欺骗了,非常生气,便四处邀集大象、犀牛、老虎、蛇、蟒、飞禽等各类动物,让大家一起来把湖里的水淘干,以便把鱼虾吃个精光。蛇、蟒用身体筑起堤坝,其余动物都去舀水。湖里的动物得知狼邀集众动物来把湖水舀干的计划时,大家都惊恐万状,思索着同一个问题:"我们如何能使众兽停止舀水?"这时,小鱼说:"我听说,兔子判官哥哥是有智慧的动物,它为人类和动物多次排忧解难,既然这样,我们何不去求兔子哥哥来帮助我们消除眼前的灾难呢?"大家认为这是一个好主意,试试无妨,便派小鱼去请兔子哥哥。小鱼游到湖边,然后奋力在地上打滚,在草丛中寻找兔子判官,灼热的太阳晒得它鱼鳞焦干,只好躺在草上有气无力地等待兔子判官。出来觅食的兔子正巧遇见小鱼,问道:"鱼兄,你这是上哪儿去?"小鱼见兔子真的出现在自己的面前,心中十分高兴,便央求道:"兔子判官哥哥,你可怜可怜我吧,湖中的鱼群派我来请你去一趟。听人们说你既聪明又乐于助人,谁遇上麻烦事都请你帮忙。现在,大象、牛群、野猪、蟒蛇,还有空中的飞鸟联合起来要舀干湖里的水,把我们鱼虾、乌龟、甲鱼等当成它们的口中食。你就帮帮我和我的伙伴们,一来我们可以继续帮你扬名;二来我们将铭记你的恩德,随时报答你的恩惠。"兔子听了小鱼的遭遇,很痛快地答应:"好吧,鱼兄,你先回去告诉你的伙伴,让他们不用害怕,我一定帮助你们摆脱困境。"小鱼就高兴地回到湖中去了。

第二天清晨,众兽正在湖边舀水。这时,兔子判官手里举着一片被虫子吃得满是窟窿的树叶,跑到湖边大声说道:"喂,动物兄弟们都听着,玉皇大帝派我送信给各位说,他很快就下凡来拧断老虎的脚,砍掉狼的头,还要拔去大象的牙。"众兽听完兔子判官下达的玉皇大帝的旨意后,都顾不上再去舀湖里的水,吓得魂飞魄散,乱作一团,各自逃命去了。个头大的象群、牛群乱跑乱奔,把当作水坝的蟒和蛇的身体踩成三大截,湖水把其他动物都淹死了,一个个成了鱼虾、乌龟、甲鱼的美餐。

从此以后,众兽更加崇敬兔子的智慧,一致尊称它是众兽之王。

家狗和野狗

有一天,一只家狗独自悄悄跑到密林深处去玩,偶然碰到了一只瘦骨嶙峋的野狗,便主动走到野狗跟前向它问好,并希望交个朋友。家狗先问道:"目前,你生活可好?寻找食物是否方便?"野狗回答说:"朋友,我是只野狗,需要自食其力,有时如交上好运,找到食物,就多吃点,可有时运气不好,找不到食物,那就只好挨饿了。"家狗就说:"你在森林里靠自己养活自己,日子过得十分艰难。还不如跟我在一起,让我的主人也喂养你。我的主人心肠特别好,他每天都要给我吃饱吃好。"野狗问:"那你帮主人都做些什么事呢?"家狗说:"主人让我干的活并不多,平时让我躺在他家门口看好家。当主人到林中打猎时,主人带我一起去,为的是帮他追赶野兽,如果主人射中了猎物,我就帮他衔回来送给他。每天干完活后,就等着吃饱饭睡觉。"

野狗听了家狗的叙述感慨地说:"啊!就这么一点活倒也不难做到。朋友,不过我想问问,拴在你脖子上的东西是什么呀?"家狗回答:"这叫颈圈。"野狗又问:"颈圈?这玩意儿是干什么用的?"家狗回答:"朋友,颈圈套在我脖子上就表示我是人家养的狗。"野狗说:"啊,原来是这样!你是有主人的了,所以你的主人给你系上颈圈作为记号。"家狗说:"是的,通常有主人的狗,如果什么时候主人不满意,棍棒就打到你头上来了。"野狗听了,恍然大悟地说:"算了吧!朋友,我是一只野狗,自己找来食物自己吃,没有主人要我去伺候,我也无须去讨好谁奉承谁。生活无拘无束,想吃就吃,想睡就睡,没有谁管得了我。要是在脖子上套上颈圈,就把自己限制住了。我还是宁愿没有主人的好。"野狗说完就告辞了家狗,往密林深处跑去。

家雀与山雀

很久很久以前,家雀和山雀生活在一起相处得很和睦,它们经常一起外出觅食。家雀的长辈教诲自己的儿孙道:"在外觅食,千万别叽叽喳喳地争吵,否则让人听到,会惹出许多麻烦。万一被猎人的网子网住,大家要沉着冷静,齐心协力挣断网绳,设法逃命。"家雀们记住了长辈的教诲,在觅食的时候,总是静悄悄的,不敢发出一点儿声响。

一天,一群家雀与一群山雀同在芦苇丛觅食,它们相遇了。山雀停在下面,家雀停在上面,芦苇秆被压断,倒下来压在山雀的头上。山雀对家雀说:"你们干吗要弄断芦苇秆压在我们的头上?"家雀对山雀说:"我们不是有意要弄断芦苇秆的,请不要介意!"山雀是一群缺乏管教的野鸟,它们不动脑筋思考事情发生的前因后果,就不分青红皂白地和家雀争吵起来。顿时,芦苇丛中发出一片嘈杂声。这时,猎人得知芦苇丛中有一群山雀,迅速投过网来,把它们全部网住。家雀和山雀在网子中仍不停止争吵,家雀对山雀埋怨说:"如果你们有能耐,为何不挣脱网绳逃命?"山雀也质问家雀:"如果你们有本事,为何也没挣脱网绳求生呢?"它们只顾争吵,而没有考虑所面临的危险。猎人把它们一网打尽后,全都杀死了。

家牛和野牛

古时候,有一头家牛和一头野牛,它们是好朋友,在一起吃住,从不分离。兔子知道这事后,就设下计谋,想把它们分开。

一天,兔子来到这两头牛的住处,对它们说:"喂,两位牛兄,你们最好不要在一起吃住,当心村民们发现后,把你们抓去干重活。"两头牛一听,信以为真,便决定分开吃住,互不来往了。由于它们长期同吃同住,形影不离,一旦分开,一时不免有些互相挂念,然而随着时间的消逝,它们之间的思念之情也日渐淡忘了。

这时,兔子也已知道这两头牛已经忘却了过去的友情,就跑去对野牛说:"我听说有一头牛力大无比,想找个对手比试比试。"野牛听了,心中很不服气地说:"兔子兄,不瞒你说,这天底下,本事最高强的牛就是我,哪里还有比我更厉害的牛!这样吧,有劳你去把那头牛叫来,我要和它比个高低!"兔子又跑去对家牛说:"家牛兄,现在野牛很恨你,它说只要碰到你,就要跟你决斗一场,好让你知道它的厉害!"兔子骑在家牛背上,为家牛领路去见野牛。一到野牛的住处,野牛见了,怒不可遏地冲上去用牛角狠狠地顶家牛,家牛也毫不示弱,两牛厮杀起来,斗了很长时间,也不分胜负,最后两牛只得悻悻而散。家牛回到村里,野牛仍然生活在森林里。从那以后一直到如今,家牛和野牛各自分开,再也不在一起了。

水牛和老虎

在一块水田里，一个农夫鞭打着水牛让它犁地，水牛忍受着极大的痛苦，一步一步艰难地向前拉犁。当水牛在田边休息时，有一只老虎过来，对水牛十分同情地说："水牛兄啊，你为什么甘愿忍受人的驱使折磨？瞧，你的身体比人要高大得多。"水牛平静地回答："人的身体是比我小，可他们比动物聪明，更有智慧。"老虎听了觉得很奇怪，不知道智慧是什么东西，就跑过去问农夫："你的智慧在哪里，可以给我看看吗？"农夫回答说："我的智慧放在家中。"老虎说："你回去拿来给我看看吧！"农夫说："那不行！如果我回去，你就会吃我的牛。要是你真想让我回去拿智慧给你看，我得先把你捆上才行。"

老虎急于想看农夫的智慧是什么东西，便同意让农夫把它捆起来。当农夫把老虎捆好后，就操起犁头，使尽全力向老虎打去，一边打一边对老虎说："你看见了吗？这就是人的智慧！"水牛在一旁看得真切，仰头大笑起来，一不小心摔倒在地上，磕碰掉了上面的一排牙齿。因此，至今水牛的嘴里没有上牙。

蚊子和狮子

有一只蚊子在树林中飞来飞去,它看见一头狮子躺在大树下休息,就想:"常听别的动物说,狮子是最凶猛威武的动物,是兽中之王,在这个世界上,没有什么别的动物比它更厉害了。既然这样,今天我倒要试一试,和它较量一番,让它看看我的厉害。"于是,蚊子就飞过去停在狮子的头上。狮子感到有个东西在它头上,就使劲摇摇头,把蚊子赶走了。过了一会儿,蚊子又飞进狮子的耳孔里,狮子扇动耳朵,又把蚊子赶走了。不一会儿,蚊子飞过去叮咬狮子的鼻尖,狮子难受得直摇头,并用前脚掌用力扑打这只讨厌的蚊子。接着,蚊子又轮番地飞到狮子的背上、脸上。在树下休息的狮子受到极大的干扰,它怒火中烧,但也没办法打死蚊子或者把它吃掉。狮子很扫兴,只好站起来,没精打采地奔向森林深处。

这只蚊子见狮子离开了原来躺下休息的地方,自以为它打败了狮子,就高兴得忘乎所以,到处飞来飞去,口里不停地喊道:"我赢了! 我赢狮子啦!"蚊子盲目地高声喊叫着、飞舞着,不料一头撞上了布在树枝中间的蜘蛛网就缠得。它越是挣扎,蜘蛛网就缠得越紧,再也脱不了身了。蜘蛛得知蚊子被网住了,就立即爬过来,把蚊子吃掉了。

狗　和　马

一天深夜，一个农夫睡得正香甜，有一个贼溜进他家偷东西。农夫家的一匹马和一条狗看见了，马对狗说："喂，伙计，你干吗不汪汪叫起来，喊醒你的主人?"狗十分不满地说："嗨，你不该管我的事! 你不知道，我白天黑夜为主人守护这个家，可我的主人好像没有看见似的，不闻不问，也不给我吃东西，我只好自己出去找吃的。"马听了后，觉得看家是狗的责任，还是建议狗应该叫几声，让主人醒过来，但狗仍然不肯，这时，马为了让主人惊醒，只好大声吼叫起来。农夫被马的吼叫声惊醒，非常恼火，嫌马把他吵醒了，就操起一根棍子猛地朝马身上揍去，马被打得遍体鳞伤，低下了头，哑口无言。

这时，狗走到马的旁边，对马小声说："伙计，怎么样，我早就说过了，别管我的事，我的责任，你代替不了!"

蛤蟆和公鸡

从前,有一只蛤蟆碰到一只公鸡,它们交谈起来。

公鸡:"蛤蟆兄,你为什么总是呱呱地叫?"

蛤蟆:"我这样叫是为了告诉人们天快要下雨了。"

公鸡:"噢,那下雨之前,你怎么会知道有雨呢!"

蛤蟆:"我预报下雨,从来就没有出过差错,因为我对要下雨的征兆特别敏感,当快要下雨时,我感到头很重。我也要问你,为什么你一啼叫,天就亮,每天天快亮时,我总是听到公鸡喔喔啼叫声此起彼伏,不绝于耳,把人们都叫醒了。"

公鸡:"我每天报时一向是很准的,因为快到天亮时,我的屁股感到凉飕飕的,我禁不住就喔喔啼叫。"

蛤蟆听了,想让公鸡产生误会,就悄悄地爬过去对着公鸡屁股吹了一口冷气,公鸡感到屁股凉飕飕的,随即拉了一泡屎,然后就啼叫起来,而公鸡的屎正好落在蛤蟆的头上,蛤蟆感到头很沉,便呱呱地叫起来。然而,这时天也没亮,雨也没下。

蝉 和 蚂 蚁

蝉在炎热的旱季时,整天在树上尽兴地唱歌、玩乐,从不操心储备日后的食物。而蚂蚁却很勤劳,不停地忙碌着,在自己的洞穴里储备粮食,以备后用。

雨季来临,到处湿漉漉的,蝉找不到食物,饥荒威胁着它们,便飞去找蚂蚁借吃的。蝉说:"亲爱的朋友,我们就要断顿了。这季节天天下雨,实在找不到吃的,请先借些吃的给我们,等旱季时我们再还给你们。"蚂蚁反问道:"旱季时,你们为什么不找些食物储备起来呢? 当时你们都忙活些什么呀?"蝉回答说:"旱季时,我们没有什么事情可做,只有停在树上唱歌玩耍。"蚂蚁说:"你们当时是怎样唱歌的,现在还应该接着唱呀,不要停下来。唱歌是你们生活的一部分,请你们再继续唱,我们还想听听呢!"蝉回答道:"朋友啊,我们已经没有东西吃,都快要饿死了,哪里还有力气唱歌呀!"蚂蚁开诚布公地说:"不瞒你们说,粮食我们还有一点,但我们要省给我们的子孙和亲戚们吃,因此,没有多余的可借给你们。

请你们还是到别处去借吧!"

听了蚂蚁的话,蝉羞愧得无地自容,只好回到自己的住地,忍受这难熬的饥饿。

瓢虫和乌鸦

一只瓢虫正在一边吃树叶一边玩耍,突然飞来一只觅食的黑乌鸦。乌鸦瞅见瓢虫,心想:"今天运气真好,马上就可以吃到瓢虫了。"便高兴地飞来停在瓢虫旁边。瓢虫一眼瞥见乌鸦,就知道乌鸦这坏东西是来吃自己的。面对强敌,它毫无惧色,而是明知故问:"你来干什么?"乌鸦答道:"我要吃你。"瓢虫灵机一动说:"你先别急,除非你猜对了我出的谜语,才让你吃。如果猜不出来,那就不能吃。"乌鸦问:"这有什么难的!你的谜语是什么,快快讲来。我一定猜得中。"瓢虫便一口气说了谜面,共四句话:

"世上什么东西最甜?世上什么东西最酸?世上什么东西最香?世上什么东西最臭?"

听了瓢虫出的谜面,乌鸦心中甚喜,高兴得跳了起来,想:"这四句话,我马上就可以说出谜底,看来瓢虫我是吃定了。"乌鸦很有把握地讲出了四个谜底:

"世上最甜的是糖和蜜。世上最酸的是醋和梅子。世上最香

189

的是茉莉花和香水。世上最臭的是粪便和尸体。"

乌鸦答完后,傲慢地等着瓢虫评判。这时,瓢虫说:"全都猜错了!"乌鸦被弄得摸不着头脑,恼怒地催促说:"那你说说,谜底究竟是什么?"瓢虫说:"有个要求,你得保证不吃我,我才告诉你谜底。"乌鸦说:"行,我答应你的要求。"当它们达成协议后,瓢虫揭开了如下谜底:

"世上最甜的是赤诚相见、肝胆相照的肺腑之言。世上最酸的是信口雌黄、不堪入耳的污言秽语。世上最香的是助人为乐、与人为善的高尚美德。世上最臭的是横行霸道、为非作歹的丑恶行径。"

乌鸦听完谜底,自知理亏,良心受到谴责,就不吃瓢虫,悄悄地飞走了。

粉蝶和菜青虫

一只刚出壳的粉蝶对外界的一切都感到很新奇,它飞到东来飞到西,高兴得忘乎所以,直到飞累了,便想停在一朵花上休息。在快要停在花上的时候,它突然瞥见一条菜青虫。粉蝶生气地对菜青虫说:"你来这里干什么? 你这丑陋的家伙,谁给你权利让你爬到这花上来的? 你把这些花都弄脏了,你快走开!"菜青虫听了粉蝶的一顿斥责,回答道:"你胡说些什么!"粉蝶再次厉声说:"你要是不走开,那我就到其他地方去了。"菜青虫反击道:"你这个疯子,这里又不是你自己的地方,是你我共同的地方。让我来提醒你吧! 今天早上你还是条菜青虫,没有变成粉蝶。你怎么这样快就忘记了你的过去?"粉蝶听了后,感到十分羞愧,就悄悄地飞走了。

菜青虫和蜗牛

一条菜青虫缓缓地向前爬着，去找蜗牛交朋友。当它来到蜗牛身边时，就对蜗牛轻言细语地说："蜗牛哥，你好！我们都是亲戚，因为我们同样都是爬行类动物。"蜗牛听它这么一说，便抬起头来，不停地打量着菜青虫，然后答道："哟！我什么时候和你是亲戚啦？你别胡说了，我根本就不认识你，请快走开，你这个肮脏丑陋的家伙！"菜青虫吃了闭门羹，非常生气，但它没反驳一句，便悄悄地爬走了。

没过几天，菜青虫变成了粉蝶，长出了色彩斑斓的美丽翅膀。蜗牛见了非常漂亮可爱的粉蝶，便主动去和它认亲戚，就对粉蝶低三下四地说："粉蝶兄，请你飞得低一点，飞得慢一点，飞到我这里来。我非常喜欢你，我们认作亲兄弟吧！"

这时，粉蝶立即不客气地回答说："闭上你的臭嘴！我知道你喜欢我，是因为我长有好看的翅膀，而我还清楚地记得，当我还是菜青虫时，你嫌我脏，嫌我丑，根本不理睬我，还赶我走。"说完，粉蝶就头也不回地飞走了，剩下蜗牛独自羞愧地待在那里。

狐狸和老虎

一天,一只狐狸正在森林里走着,突然迎面遇到了一只恶狠狠的猛虎。狐狸心惊胆战,心想,这下我可没有命了,老虎肯定要吃了我。但它急中生智,壮大了胆子对老虎说:"你不能吃我,我是玉皇大帝派来的使者,他让我来照管这片森林中所有的动物。要是你不相信,我就做个试验给你看。让我骑在你的背上,在森林里走一圈。你将会看到我对所有的动物显示出多么大的威力!"老虎听了,答应照狐狸说的话试验一下。于是,狐狸骑在老虎背上,并命令老虎在森林中逛上一圈。老虎看到,果然像狐狸所说的那样,它们所到之处,无论是走兽还是飞鸟都惊慌失措地各自逃命,躲进隐蔽的地方。

这时,狐狸对老虎说:"怎么样,我说的是实情吧? 这些动物见了我都非常害怕。"愚蠢的老虎信以为真。狐狸立即从虎背上跳了下来,迅速逃走脱险了。

鹈鹕抓鱼

有一只鹈鹕在大湖中游来游去寻找食物。它遇上了一条小鲫鱼游到嘴边,于是毫不费劲地一口叼住了这条小鲫鱼,玩弄着,没有吞下去。鹈鹕想:"我是一只体大强健的鹈鹕,应该抓大鱼吃才与我的身份相称,这么小的鱼,我才不稀罕吃呢!"鹈鹕随即甩动嘴巴,把这条小鲫鱼放掉了,鹈鹕接着再往前游。这时,有一条白鲢出现在它眼前,鹈鹕轻而易举地用嘴琢住白鲢,但它又想:"这条鱼还是太小了,我得抓更大的鱼吃才过瘾。"又一甩嘴巴,把这条白鲢放掉了。鹈鹕昂首望天,得意地在湖里游来游去,想抓到一条大鱼吃,可是游了半天,太阳快要落山了,还是没有抓到大鱼,眼看天黑了,抓鱼的时机也过去了。这时,鹈鹕感到饥肠辘辘,连一条小鱼也没有吃到。

鸽王和鸽群

一只鸽王带领一群鸽子在稻田上空盘旋,发现猎人放的一只捕鸟笼和周围撒满的稻谷。鸽群见了地上的稻谷,就迫不及待地想飞下去吃。而鸽王很警觉。它想,这些稻谷,我们在平时很少见到,为什么人们无缘无故地丢在地上呢?一定是人们为了欺骗我们而故意设下的诱饵,一旦我们飞下去吃,就一定会被猎人一网打尽。鸽王就尽力劝阻鸽群不许盲动。

然而,鸽群禁不起稻谷的诱惑,听不进鸽王的劝告,它们议论说:"眼下我们很难找到东西吃,好不容易发现这么多的稻谷,正好可以饱餐一顿,鸽王却不让我们去吃,还让我们等到什么时候?"鸽王听了,仍然耐心地开导说:"你们也真太幼稚了,只要看见食物就飞下去吃,不知道大难就会临头,甚至还会送掉性命,正如古人常说的'鸟为食亡'。你们要知道,这撒满地的稻谷是猎人布下的圈套,就像放在鱼钩上的钓饵一样,请大家一定不要飞下去吃稻谷。"可是鸽群对鸽王的话置之不理,执意要飞下去吃。鸽王看到这态势已无法控制了,就想,如果我不跟它们一起飞下去,那大伙儿正好上猎人的当了,还不如因势利导,我跟它们一起飞下去后再想办法。于是鸽王就和鸽群一同飞了下去。

当猎人看见鸽群飞来吃稻谷时,就迅速拉动了捕鸟笼的绳子,鸽群一下子全都被罩在捕鸟笼子里了。这时鸽王对大伙儿说:"怎么样,你们看到大祸真的临头了吧!现在我们赶紧想办法逃命!"鸽群也都承认自己错了,但谁也想不出好办法,一致请求鸽王快想出妙计让大家脱离险境。鸽王沉着冷静地说:"这次我们惹出了大乱子,已很难挽救。但请大家不要自暴自弃,要振作精神,只要我们齐心协力,一同往上飞,就可能挣断这捕鸟笼的绳子!"

鸽群听了鸽王的一番话,备受鼓舞,信心十足,就同时一起向上奋飞,果然听到啪的一声,捕鸟笼的绳子被挣断了,鸽群连同捕鸟笼一起,冉冉飞上天空。过了不久,在一个白蚁堆上方缓缓停了下来,那里是一个鼠王的住地,而这鼠王和鸽王早已相识并有很深的交情,鼠王看见后,马上率领鼠群从白蚁堆里钻出来,帮助咬断捕鸟笼子,鸽子们才一只只安全地飞出了鸟笼。鸽王将这次遇险的经过从头到尾讲给鼠王听,并衷心感谢鼠王对鸽群的救命之恩,然后各自回家去了。

鳄鱼和赶车人

一条鳄鱼生活在一个大湖里,旱季来临,湖水干涸,鳄鱼无法生存,只好爬到陆地上寻找有水的地方。这时,有个老大爷赶着牛车正好看见这条鳄鱼,鳄鱼装出一副可怜相请求赶车人让它搭车。赶车人问鳄鱼:"你要上哪儿去呀?"鳄鱼说:"我以前生活过的那个大湖完全干涸了,我无法再待下去了,现在出来找个有水的地方住,如果你方便的话,就把我带到一个有水的地方,然后我下车就好了。"赶车人出于同情,就让鳄鱼上了车。鳄鱼担心自己会从车上滑下来,就让赶车人用绳子把自己捆在车上。赶车人按照鳄鱼要求,就用绳子把鳄鱼捆好后,继续上路。

当来到一个水面宽阔的大湖时,赶车人停下车,解开绳索对鳄鱼说:"这大湖有很多很多水,你就下车吧!"不料,这时鳄鱼凶狠狠地对赶车人说:"你这个老头儿,把我捆在车上,让我吃尽了苦头,你该让我吃一头牛,我才免你无罪,不然,我可要吃你了!"赶车人一听,吓得毛骨悚然,连忙求饶说:"我对你是有恩的呀!我把你带到这里来，你反而要吃我，这可不行，我们得先去找个判官评评理。"鳄鱼表示同意说："那就赶快去，我在这儿等你。"

赶车人拿了一把香蕉找到了兔子判官。这时，兔子正蹲在白蚁堆上，见一个老大爷走来便问道："老大爷，你愁眉苦脸的，有什么为难事呀？"老大爷把自己的遭遇如实告诉了兔子。兔子说："鳄鱼这个家伙真是忘恩负义，老大爷我们一起去找鳄鱼。"

赶车人带着兔子来到鳄鱼等着的地方，兔子先开口说："哟，鳄鱼先生，你在森林迷了路，请求搭老大爷车，现在你到了有水的地方，怎么反而恩将仇报，要吃掉你的恩人呢？究竟老大爷对你有什么不对的地方呢？"鳄鱼回答说："噢，兔子判官，这老头是让我搭车了，但他把我折腾得够呛，他把我紧紧地捆在车上，根本不能动弹，差点儿把我憋死，他应该交出一头牛让我吃，否则我就吃他。"兔子听后，转过身对赶车人说："你干吗要把鳄鱼捆得这样紧，让它无法动弹？"赶车人连忙说："我并没有把它捆得很紧，只是让它不会从车上掉下来而已。"这时兔子说："你们一个说捆得很紧，而另一个说捆得不紧，双方都没有证据。因此，鳄鱼应该重新躺在牛车上，让老大爷再捆一次，我亲眼看看究竟捆得是紧还是不紧！"

鳄鱼听了兔子的话，就照着做，让老大爷像起初那样把自己捆起来。兔子问鳄鱼："是这么紧吗？"鳄鱼说："不，先前比这捆得紧多了！"兔子对老大爷说："你就把它捆得再紧些！"老大爷紧了紧绳索后，兔子又问鳄鱼，鳄鱼仍说不够紧，这样反复问了多次，直到捆得鳄鱼不能动弹了,鳄鱼才说:"兔子判官,起初老头就是把我捆得这么紧的!你瞧,谁能忍受呢!请你做公正判断吧!"兔子见鳄鱼已无力挣扎了,便对老大爷说:"老大爷,您还等什么呢?还不赶快用车上的斧子劈开鳄鱼的脑袋,难道还让这个忘恩负义的家伙继续留在世上坑害人吗?"老大爷这时才猛醒过来,连忙操起车上的斧子朝鳄鱼头上猛砍过去,鳄鱼脑浆迸裂,一命呜呼了。兔子指点老大爷说:"鳄鱼的尾巴您可以烤着吃,它的肠子可以炖着吃,味道非常鲜美。"老大爷非常感激兔子,向兔子连声道谢后,套上牛车,高高兴兴地拉着鳄鱼回家去了。

猴子偷王冠的故事

从前,有个爱打猎的皇帝,每当他和武将们来到森林后,他便摘下王冠,放在一个金盒里,让一名宫女看管,然后去打猎。

有一次,看管王冠的宫女因太困倦,躺在地上睡着了。这时,一只猴子从树上跳下来,趁机打开金盒,偷走了王冠,把它藏在树洞里。

宫女醒来,只见金盒敞开着,王冠没有了。她大惊失色,急忙寻找,但始终不见王冠的影子,不由得大哭起来。

皇帝打猎回来,宫女把丢失王冠的事禀告皇帝。皇帝一听,断定王冠被人偷了,立即命令武将们搜寻。这时,一个猎人正从远处走来。武将们一拥而上,把他捆绑起来,押回去审讯。猎人申辩说:"我是靠打猎为生的,根本没有看见什么王冠。你们平白无故地把我抓来,真是冤枉啊!"皇帝见他死不承认,就下令拷打他。猎人被打得皮开肉绽,疼痛难熬,只好编造口供说:"王冠是我偷的,我已交给村长了,是村长叫我偷的。"

皇帝下令立即传讯村长。村长如实说道:"我没有让猎人去偷王冠。"村长也遭到严刑拷打,最后,也只得屈打成招说:"是我让猎人去偷王冠的,我已把它交给乡长了。"于是,皇帝又命令武将把乡长抓来审讯。在酷刑下,乡长也被迫承认说:"村长把王冠交给了我。我把它藏在森林里了。"皇帝马上派人去林中搜寻,结果自然是一无所获。皇帝大发雷霆,下令给乡长再上重刑……

这时,一位足智多谋的军师见这情景,思忖道:如果照这样搞下去,这三个人不但会被处死,而且还不可能找到王冠,这里面一定有文章。于是,就把自己的想法禀告皇帝。皇帝同意让军师和武将们商议处理,务必查出王冠的下落。

当晚,军师把猎人、村长和乡长三人关在同一间屋子里。夜间,派一名看守躲在墙外,听个究竟。看守先听到村长对猎人说:"我什么时候让你去偷王冠啦?你无中生有乱栽赃,害得我吃了这么大的苦头!"猎人哭诉着:"村长呀,你确实没有叫我去偷,可我被他们打得实在难熬啊!不得已才乱编造呀!"后来,又听到乡长对村长说:"你什么时候把王冠交给我啦?干吗要赖到我的头上?"村长说:"哎呀,我也是屈打成招,胡编的呀!"过了一会儿,村长反问乡长:"我没有把王冠交给你,那你干吗说把王冠藏在森林里?"乡长说:"嘻!他们动不动就给我上刑,我也是随口瞎说的。"三个人互相埋怨,争吵不休。

看守在屋外听得真切,如实汇报给军师。军师断定:这三个人都不是偷王冠的贼，于是就悄悄释放了他们。同时，军师立即吩咐金匠照原来王冠的样子又重做了一顶，献给皇帝。

军师、武将们陪同皇帝再次来到林中打猎，来到原来王冠丢失的地方。军师让一部分武将随皇帝打猎，让那位宫女仍然看管王冠，叫她假装睡着，留心察看，并让另一部分武将埋伏起来，以便配合宫女行动。

过了一会儿，上次偷王冠的那只猴子从树上又跳了下来，它以为宫女睡着了，便打开金盒，偷出王冠。宫女看见了，大声喊道："猴子偷王冠啦！"埋伏在四周的武将立即围上来，猴子敏捷地抱着王冠藏到一个树洞里去了。武将们搜查树洞，发现新旧两顶王冠都在里面。军师把两顶王冠都交给了皇帝，并讲述了事情的经过。皇帝听了，目瞪口呆，无话可说。

老虎、猴子和兔子

很久以前，一只饿了好几天的老虎到处觅食，遇见一只鹰停在湖边的一棵大树上。老虎看见鹰后心想："怎样才能抓到这只鹰呢？它停在高高的树上，如果我爬上去，它一旦发现就会立即飞走。"老虎不敢贸然行动，坐下来静静地观察鹰的举动。停在树上的鹰目不转睛地注视着湖面，过了一阵，湖中的鱼儿跃出水面，鹰急速俯冲下去，叼着一条大鱼，又飞回树上，津津有味地吃起来。

老虎看得很真切，心中十分羡慕，心想："这鹰还真有好运气，只在树上静静地待着，就能一下子抓到湖中正在游的鱼儿，也不用花什么力气，根本不用像我这样担心没吃的会饿死，如果我能像鹰那样，该多好啊！"老虎慢慢地往前走，去寻找鱼多的湖或池塘。它在一个有许多大树环绕的湖边找了一个安静的地方停下来休息。这时，它看见有一个男子在此钓鱼，只见那男子站在湖边，手持钓竿，轻松地抛下装有鱼饵的钓钩，就爬上一棵大树上静静地观察是否有鱼儿上钩。老虎在湖边走来走去，找到一棵大树爬上去，像鹰一样待在树上。过了一会儿，它看见鱼跃出水面，就学鹰的样子猛地跳进湖里，不但没有抓着鱼，反而被湖水呛得狼狈不堪。钓鱼的男子看见了，觉得这只老虎真是愚蠢可笑，大声喊道："你这个傻瓜，你不是要找死吗？"老虎听见树上男子的说话声，感到十分羞愧，它从来没这么干过，干第一次就被人发现，真丢人。今天他一人看见了，如果他去告诉别人，那我不就声名狼藉了吗？我还是去求求他，让他别把今天的事说出去。老虎用温和的口气央求男子道："先生，我原本想学鹰抓鱼吃的，没想到鱼没有抓着，反而呛了水。我觉得实在太丢脸了。因此请求先生可怜我，不要再对别人说起这件事，我一定会报答您的。"男子问："你用什么来报答？"老虎说："我发誓，每天早上在湖边，我送给您一只猎物，但请您一定要保守这个秘密，不让外人知道。"男子相信了老虎的诺言，就回家去了。

第二天早上，男子来到湖边。老虎果然送给男子一只猎物，每天如此。时间一久，男子的妻子开始怀疑起丈夫，认为丈夫一定有什么事瞒着她。于是，她问丈夫："你怎么每天总有猎物，今天是野猪，明天是鹿，后天是麂子？"丈夫回答说："我在林子里放了捕兽器。"妻子说："什么捕兽器这么灵，能让你一天不落地总有猎物？你还是对我说实话吧！"那男子以为反正老虎天天都送猎物来，已成习惯，不妨告诉妻子，就违背老虎与自己的诺言，把事情的来龙去脉讲给妻子听。妻子相信了他。翌日，男子像往日一样去湖边向老虎要猎物,只见老虎早已坐在湖边气呼呼地等着他了,老虎先开口:"你终于来了,我在这里等着吃你呢! 我们以前说好的,不许你对别人说,我每天送一只猎物报答你,现在你为什么告诉别人?"男子听老虎这么说,早已吓得不知所措,也没有理由辩解,只好央求老虎:"你要吃就吃吧,这我没话说。反正早晚都是死,也不在乎这一两天,你等我回家与老婆、孩子见上一面再说。"老虎答应:"去吧,可得快些回到这里来,我吐口水在这里等着,如果口水干了,我就去你家,连你的老婆一起吃掉,留你们这些不守信用的人干什么?"男子痛哭流涕,把老虎要吃他的事对妻子说了:"现在我得走了,老虎还等着呢,如果我在家待的时间长了,它会来把我们全都吃掉的。"妻子哭得死去活来,后悔自己当初做错了。男子告别妻儿,边哭边向湖边走去。途中遇到一只兔子,兔子问:"您上哪儿去? 哭什么呢? 有什么事令您这么伤心?"男子把事情的经过对兔子述说了一遍。兔子说:"要是这样,您不用害怕。这荒唐的老虎! 您去找一把香蕉来!"男子立刻转悲为喜,连忙跑去找来一把香蕉送给兔子,对兔子说:"请兔子帮助救我一命,再过一会儿,老虎就要追过来吃我了。"兔子说:"我和您一块儿去,看老虎究竟敢怎样?"说完,兔子爬上一个山丘,坐在高处看老虎。

老虎等了很久,仍不见那男子的影子,就想,干脆我也不等了,自己去找他,把他们夫妻俩一块儿吃了。快要接近小山丘时,男子对兔子说:"你瞧,老虎来了!"兔子说:"您别出声,等它走近了再说。"老虎越走越近了,这时,兔子嘴里含着一口香蕉,对老虎大声喝道:"嗯,吃了五只老虎还没有饱,一只指头大的茄子反倒卡着我的喉咙了,真是的。"老虎一听说那个动物吃了五只老虎肚子还不饱,吓得直往后退。兔子一遍一遍地重复着这句话。老虎拔腿头也不回地逃跑了。一只猴子看到老虎跑得很狼狈,就问:"虎大哥,有什么事这么着急呢?"老虎停住脚步,回答道:"不,不,没什么急事。那边有一只动物,吃了五只老虎还不饱,我怕那家伙要吃我,所以赶紧跑掉。"猴子问:"你看见它长得什么样子?"老虎说:"我没看见,只听见声音。"猴子问:"在哪儿?"老虎答道:"在那边小山丘上。"猴子说:"可能是兔子吧? 我经常看见它在那里。"老虎否认说:"不是的,兔子的声音不是那样。"猴子肯定地说:"不,就是兔子。那我跟你走一趟吧!"老虎不愿去,说:"我担心你看到那家伙会害怕,然后就爬上树逃之夭夭,扔下我自己去送死。"猴子说:"如果你怕我跑掉,我们把尾巴捆在一起,我就不能只顾自己逃命了。"老虎说:"那好吧,去就去!"老虎和猴子将尾巴捆在一起,朝小山丘走去。

男子看见老虎和猴子,就对兔子说:"兔子先生,老虎又来了,还搬了救兵猴子一起来了,我害怕极了。"兔子说:"别担心,静静地待着,等它们走近了,我来对付它们。"兔子剥好香蕉放在嘴里。当走近小山丘时,猴子问老虎:"虎大哥,它在哪儿?"老虎说:"就在那里,声音是从那边发出的!"兔子嘴里含着香蕉,大声呵斥道:

"哟，你这小猴子，欠我的债已经四五年了，就拿这只瘦老虎来抵债呀！瞧你这家伙就不地道。"老虎听到后，不由分说，扭头就往回跑，猴子怎样阻止它也不听。老虎心想："你这个骗人的猴子，原来是拿我来抵债的。"猴子大声喊："虎大哥，别跑！"老虎哪里听得进去，就一个劲儿地跑，最后，把猴子撞在了树上，当场死去。

拜月亮、尝扁米的故事

東埔寨民间的拜月亮、尝扁米(一种食品,将刚收割的稻谷炒熟、舂扁,去壳后,即可食用)的习俗已经成为世代相传的传统节日,其来历有这样一个故事:

相传,佛祖前世,曾是一只小白兔,每逢佛历初一或十五,这只小白兔都在菩提树下修道。在一个月圆的夜晚,神仙化身为一位修道老者,请小白兔给他肉吃,以试探它修道的诚意。小白兔当即表示愿意牺牲自己,把肉供给这位老者吃。可这位老者说:"我已修道多年,不能杀生。"小白兔便让老者生起一个火堆,说:"我跳进火之后,你就可以吃到我的肉了。"并说出了自己的愿望:"我死后,请将我的肖像永远映在月亮里。"老者同意了。直到现在,当人们仰望月亮时,总会隐约看到一只小白兔在菩提树下修道的图像。

東埔寨人民通常在每年佛历十二月十五的晚上举行拜月亮、尝扁米的仪式。这时正逢雨季耕种末期,也是香蕉、水稻、番薯、甘蔗、芋头、椰子等收获的季节,而扁米一定是这个仪式上不可或缺的食品。

那迦落发节的来历

東历八月十五日是柬埔寨传统的那迦落发节。"那迦"在柬埔寨语中意为"龙、大蛇"。关于这个节日名称的来历，在柬埔寨民间流传着这样一个故事：

每年八月十五日，庙中的住持要在寺院里为十二名王孙公子和豪门子弟举行隆重的落发仪式。相传佛祖在祇园精舍弘扬佛法时，曾感化过大蛇。大蛇先化身为一名年轻男子，请求加入接受剃度的行列之中，以皈依佛教，弃恶从善。佛祖欣然同意，大蛇如愿以偿，成为一名比丘。

一天，午休时分，这位比丘睡得正香，不料竟现出原形，一条大蛇盘绕在整个禅房，袈裟也被撑破了。这时，有一位沙弥来送斋饭。他推门进去，发现一条大蛇盘踞在那里，顿时被吓得不知所措，大声喊叫起来，惊动了整个寺院。

佛祖得知此事，就对剃度做出新的规定，从今往后不允许一切动物或妖魔鬼怪皈依佛门，并劝慰大蛇放弃佛门。大蛇申辩道：

"我是真心诚意皈依佛门的,作为动物我虽无缘接受剃度,但我请求对那些将接受剃度的男子一律称为'那迦',以表达我对佛教的虔诚。"从此以后,为了纪念大蛇对佛教的一片诚意,此节被命名为"那迦落发节"。

红木棍大爷与马德望省名的来历

马德望是柬埔寨的一个省。那里流传着这样一个故事:

从前,有一个放牛人,住在现今暹粒省的北边,附近有一个牛棚寺。他家饲养了两三百头牛。每天到野外放牛时,他手里都拿着一根三尺长的红木棍。这红木棍十分神奇,威力无穷,每头牛都很怕它。当牛不听使唤、离群跑散或不按规定地方吃草时,他只要轻轻挥动红木棍,牛就会乖乖地听话。村子的北边有一处水草肥美的地方,放牛人总是赶着牛群到那里吃草,每天如此。久而久之,他对这样的放牛生活有些厌倦了,心想,能当上国王那该有多好啊!后来,他果然美梦成真,当上了国王。

手持红木棍的放牛人登上了国王宝座后,对前国王的皇亲国戚百般折磨,毫不留情。而红木棍国王当政期间,日子也不安稳,过了七年又七个月,他手下一将领发起暴动,骑着白马飞奔至王宫门外。顿时大地抖动,天崩地裂。红木棍国王立即将手中的魔棍扔向那个将领,不幸的是红木棍已失去了魔力,没有击中目标。他无法抵挡将领的进攻,只好逃跑,隐蔽起来。

据说,那红木棍当时落在一条小溪里,后又神奇般地消失了。这条小溪就在现今马德望省的桑给县一带。直到现在,人们仍称这里为"马德望"(柬埔寨文的音译,"马"是丢失的意思,"德望"是棍子的意思)。

白象王寻找女儿的故事

传说,古代柬埔寨的京都还在戈给(柬埔寨一地名)的时候,一天,一群生活在京都附近的姑娘去森林中挖木薯。由于当地缺水,年年闹干旱,因此,姑娘们每人头上都顶着一个装有水的瓦罐,以便在路上喝。她们正挖木薯时,突然听到一阵雷声,乌云也在头顶上翻滚。其中最年轻的一位姑娘妮布将自己瓦罐里的水倒掉,心想,马上就可以接到干净的雨水喝了。然而,妮布的希望落空了,雷声过后,并没有下雨,天气反而越来越闷热了。她口渴得实在难忍,向同行的姑娘讨水喝,却都被拒绝了。

下午,姑娘们背着木薯头顶瓦罐返回村寨。因又热又渴的妮布跟不上大伙儿,就在半路上停下来休息。她环顾四周,发现路旁有一个小水坑,便朝水坑走去,把里面的水喝光了。这水坑里的水其实是白象王撒的尿,人们传说,凡是在森林中迷路的妇女,只要喝了这水坑里的尿,就会怀孕。妮布姑娘也不例外。几个月后,妮布生下一个女孩,皮肤白嫩,非常可爱,取名顿莎达拉。

后来,顿莎达拉长大成人,这消息传到了白象王那里。过了几天,白象王就把顿莎达拉领到森林里,在那里,白象王专门为女儿修建了一座行宫。

一天,白象王外出去为女儿觅食,有个皇宫内的猎人恰好碰见顿莎达拉,见她有如此倾国倾城的美貌,就带她去拜见国王。国王对她一见钟情,遂娶为王后。当天晚上,白象王回到家中,见不着自己的女儿,便到处寻找,跑遍了各个地方,最后,来到位于皇宫附近的戈给寺庙。为了躲避白象王,国王已经把顿莎达拉转移到另一处行宫。

白象王没有找到女儿,既失望又愤怒,一气之下就摧毁了皇宫四周的许多建筑,并在行宫墙外发威怒吼。这凄惨的怒吼声被顿莎达拉听到,她连忙跑去见自己的父亲。这时,白象王已快要断气,它让女儿取水来给它喝个够。白象王临死前,嘱咐女儿说:"我死后,取下我这对象牙,请工匠把它雕刻成佛像;拿我的脚骨做成装槟榔的盒子;把我的身体葬在戈给寺附近的高坡上。"

从此,这就成了高棉人的一种信仰,凡是高地,人们都要祭拜。

两个男子分金子的故事

从前，有两个男子相约一同去挖井。当他们挖到深处时，发现了一个瓦罐，里面装满了金块。他们很快把金块掏了出来，想两个人平分。一个人说："这瓦罐应该归我。"可另一个人说："我们一起挖到的，为什么就该给你呢？"两个人争执不休，就去找法官评理。法官说："要么把瓦罐打破了，两人分。"对这个意见，两个男子都不情愿。法官带着他们去见县令。

县令询问事情的来龙去脉，两人都说，在挖井时发现了瓦罐口的一边。县令又问："谁先提出去挖井的？"一个人说："是我先提议的。"另一个人也承认这是事实。这时，县令认为，先提出去挖井的人应该多分一些。因此，他把金块分成三等份，两份金块和瓦罐归那个先提出挖井的人，被约一同去的人分得一份金块。两个男子只好同意，他们各自回家去了。

国王想上天堂的故事

从前,有一个国王长得肥胖,很昏庸,他手下有一个太监长得瘦小,却很聪明。这太监利用一切机会巴结国王,讨其欢心。于是,无论大事小事国王都依靠这位太监办理。国王经常对太监说:"你得向我保证,你要始终跟着我。"太监答道:"寸步不离开您,国王!无论在这世上也好,升天堂也好,下地狱也罢,我总是紧跟在您的身旁。"国王听了,十分高兴。

一天,太监陪同国王去河边散步,突然听到附近的森林里传来阵阵狼嚎。国王感到很惊讶,就问身边的太监:"怎么会有那么多的叫声呢?我听了很难受。"太监回答说:"现在是冬季,天气寒冷。这些狼群没有衣服保暖,正央求国王施舍被子给它们呢!"国王似乎明白了,便说:"啊!原来如此!看来,你真的很聪明,懂得很多,连狼的语言你都能听懂。那它们为什么没有被子盖呢?"因为太监和国库保管员结有私仇,就编造说:"这事与国库管家有关。"国王很生气,说:"这管家也太不称职了。狼是我的朋友,为何不给它们发被子呢？好了,你去用被子包裹管家,然后把他扔进海里。你赶紧拿钱买一百条被子送给那些狼。"太监领旨后,只遵照国王的前半句话做了,把管家扔进大海,而将从国库里取出买被子的钱都据为己有了。

第二天黄昏时分,国王又听到狼群的嚎叫声。他感到很奇怪,便问身边的太监道:"现在又发生什么事情了？为什么这些狼仍然叫个不停？"太监笑着回答:"国王,您有所不知,这叫声是狼群表示对您的感谢呢!"国王十分得意,夸奖太监说:"太好了! 我坚信,世上哪位国王都不会有像你这样聪明的太监。你呀,得向我再次承诺,永不离开我。"太监再次保证:"我永远守在您的身旁,无论上天堂或者下地狱。"

没过多久,一头野猪从森林里跑出来。国王从未见过野猪,就问太监:"喂,那是什么动物啊?"太监心中很清楚,可装着煞有介事的样子说:"国王,那是您的一头大象啊! 它现在很难受,因为象倌懒惰,没把它喂饱。"国王很生气,下令将象倌杀掉,并且让太监根据需要,从国库中取些钱,给这头可怜的大象买足够的食物。这次,太监又从国库中捞了一大笔钱,揣进了自己的腰包。

一个月之后,国王从森林中散步回宫,路上又遇见那头野猪。国王问太监:"这是我的那头挨饿的大象吗? 为什么现在还没有长胖呢?"太监笑着回答:"这头象已经胖了。这四条腿的动物原本是像老鼠一般大,因为老鼠经常偷吃您用的御膳,所以老鼠个个都长得肥肥胖胖的。"国王听了，脸涨得通红，嘀咕道："真不像话！老鼠居然偷吃我的饭菜，那厨师太不称职了。"国王立即下令："等厨师把这顿饭做完，就赐他上吊死吧！"当晚，那位厨师私下与太监约会，用钱买通了太监，并许诺，只要能免他一死，从今往后，国王吃的饭菜都留一份送给太监。太监很痛快地答应："放心吧！这事包在我身上。"到了半夜，刽子手正要押着厨师去行刑时，太监大声阻止说："使不得，千万使不得！"太监转身对国王说："我查了一下皇历，上面写着这个时辰是良辰。谁在这时上吊，他就能升天堂。国王啊，如果这时把他吊死，根本不是对他的惩罚，而是奖励。凭什么我们要把坏人送上天堂呢？"这时国王高兴得跳了起来："太好了！太好了！我早就想看看天堂是什么样子，现在就把我吊起来吧，我很快就会看到天堂了。"国王转身对太监说："你不是一再承诺，无论何时何地要永远跟随着我吗？现在，你先去天堂给我领路。"刽子手吊死太监后，接着又把国王也吊死了。国王终于如愿以偿，上了天堂。

达布隆寺的来历

在柬埔寨茶胶省巴地县,有一条巴地河。河岸南面有两座寺庙,一座名叫达布隆寺,另一座名叫叶波武寺。围绕这里的地名和寺庙,人们常忆起这样一段传说:

古时,柬埔寨有一位功勋卓著的名叫格多曼王(即阇耶跋摩二世)的国王。一天,他对宫廷生活感到寂寞,便率领水兵将士沿水路到海滨游玩。他们一行人来到一个现今叫巴地的地方,国王觉得很新鲜,就下令在此安营歇息。当地的百姓从未见过国王和他的随从这样浩浩荡荡的队伍,人们闻讯赶来,并带着家中的钱物来拜见国王。

其中,有一位当地最富有的老妇人,她有一个女儿名叫波妩,是该地公认的美女。老妇人每天带着女儿去拜见国王。国王见波妩如此美貌,也很乐意与她谈笑,很开心。后来,老妇人便将女儿献给国王,波妩就成了王后。国王在巴地行宫住了数月,在此期间,波妩已经怀孕。国王对她说:"你暂时住在此地,由你母亲照顾。我就先回京都了。"临行前,国王将一枚金戒指交给波妖,说:"等王子长大成人,你带着王子以这枚金戒指为证,一起来找我吧!"波妖听后,虽然很难过,也只得听从。

过了几个月,波妖生下一个儿子,相貌酷似其父。波妖给他取名为"昂布隆哥玛"("布隆"是出生地,"哥玛"是儿童之意)。当昂布隆哥玛十六岁时,执意要打听父亲究竟是谁,波妖这才把事情的原委告诉儿子。昂布隆哥玛决心去找父亲。母亲就把那枚金戒指戴在他的右手指头上。王子便告别母亲,骑着马,沿着海岸离开了故乡。

来到京都城门,王子向守门的卫士说明原委,卫士立即禀报国王。昂布隆哥玛进宫拜见父王,并摘下戒指献上。国王一看,认出那枚戒指,知道来人就是自己的儿子,便封他到位于河岸的一个县当县令,因为王子的出生地在那里,况且那个县的官员正好空缺。他就成了这个县的县令。该县被称为巴地县("巴"是管理者之意,"地"是地方),那条河也称巴地河。后来,昂布隆哥玛下令修建了一座寺庙,以纪念他的母亲;另外修建了一座为自己居住的宫殿。这座寺庙保存了下来,称巴地河寺庙,成为一处游览胜地。

发生在王家果园里的故事

　　在王家果园里,有一个侍从专门看管这里的一棵木敦果(生长在热带的一种柑橘类果树),侍从每天都要数树上有几个果子。当果子成熟时,他便摘下献给国王。一天,恰巧有一个男子肩上扛着钩竿从那棵树旁边路过。侍从见过路人扛着钩竿,便起了疑心,就去数树上的果子,果然少了一个,只见树上还挂着空的果柄。他想,这个人肩上扛着钩竿,兜里装着木敦果,再加上树上也少了一个果子,便把那个男子抓起来去见法官,说:"此人必定是贼,你瞧,他手里拿着钩竿,兜里还有偷的果子。"

　　法官问那男子:"你是否偷了王家果园里的木敦果?"那人回答道:"我没有偷,这果子是我从森林里摘来的。"法官便带他去见国王。国王说,先别逼他,并下令看看男子摘的木敦果与树上那个空果柄是否能对上,再作判断。侍从按照国王的命令去做,发现那个男子手中的果子和空果柄完全对不上茬。一不小心,果子落到树下不远的泥坑里。国王让侍从把果子从泥坑里捡上来。这时才发现泥坑里还有一个果子,原来果子因为熟透了自己掉了下来,后捡上来的木敦果与树上的空果柄也对得上。于是,国王吩咐将那男子自己摘的果子还给他,并把他放了。

吝啬鬼的故事

从前,有个男子名叫茂,是个特别吝啬的人。人们给他取了个外号,叫茂斯沃特(柬埔寨文的意思为吝啬鬼)。他一天到晚总在算计如何才能省钱,所以他从未吃过好吃的东西,也从未穿过新衣服,就连传统节日也不过,以至于他的家人都跟着他过着紧巴巴的日子,有时还去乞讨。村民们开玩笑说:"茂斯沃特去拉屎时都要拿着根棍子,以备打苍蝇。"

一天,茂斯沃特要到河对岸去办事。到了码头,他问摆渡的船家:"让我顺便搭乘你的船吧!"船家答道:"没有座位了。"茂斯沃特说:"没关系,我就坐在他们放脚的船板上好了。"船家知道茂斯沃特的德行,懒得搭理他。茂斯沃特就死皮赖脸地上了船。船家把船推出岸边,之后纵身跳到船上。渡船立刻晃动起来,船家重心不稳,差点跌倒,双手猛地压在吝啬鬼的头上。吝啬鬼被压得心惊肉跳,大声喊道:"你干什么这样对我?"船家回答说:"你免票乘船,就得这样!"

编盒子的小伙子

从前,有一个小伙子以摘糖棕树叶编盒子为生。他想着,如果家里能雇个用人该多好啊!在他爬到树上摘叶子时,自言自语道:"如果一个盒子卖一毛钱,编一千个盒子就可卖一百瑞尔(柬埔寨货币单位),那我就可以去雇一个用人。如果他干活不合我的心意,我就打他、踢他。"他一边说,一边比手画脚,一不小心,就从树上掉了下来,幸好攀住一根树枝,吊在半空中。此时,有一个骑象人路过这里。编盒子小伙子大声喊道:"谁能帮我从树上下来,我愿为他服务一辈子。"骑象人听到后很高兴,就来到糖棕树下,站在大象背上,紧紧抱住编盒子小伙子的脚。而大象却继续往前走,于是,两个人就都挂在了树上。

这时,有四个秃顶男子相约为自己妻子寻找用人,他们正好路过这里。两个吊在树上的人叫住他们,异口同声地说:"如果谁救了我,我一定给他当一辈子用人。"四个秃顶男子听到后,非常高兴,因为正合他们的愿望。四个人二话不说,拿出一块布,把布的四个角捆在各自的脖子上，在树下接着。上面两个人一松手正好落在布上，而下面四个光头猛烈相碰，当场死去。

编盒子小伙子和骑象人见状，害怕极了，就到村子里对一个老太太说了事情经过，并希望她能想办法，帮助他俩以保平安，并愿意服侍她一辈子。老太太很高兴，因为她的丈夫去森林里开荒种地了。她说："你俩先把四具尸体捆好，放在我家。"他们照办了。老太太就对着其中的一具尸体大声哭泣，假装说自己的丈夫死了。村民们赶来帮助她把尸体运到村外火化。她还叮嘱村民说："请大家把这件事情办好，因为丈夫生前是很爱我的。"火化之后，老太太又喊道："我丈夫的尸体又回来了！"村民们又把尸体抬出去火化了，就这样连续把四具尸体都火化完了。这时，她的丈夫真的从森林干活回家，满身都是灰土。村民们以为老太太丈夫的尸体再次复活，大家合力抓住老大爷，把他活活烧死了。

雕王欺骗白象王的故事

很久很久以前,有一只雕王和它的雕群栖息在深山老林里。一天晚上,雕王梦见自己吃到白象的肉。它醒来后,就下令雕群去叫白象王到自己的住处来一趟。雕群飞到白象王那里,大声喊道:"喂,白象大哥! 我们大王让我们来通知你,叫你赶快去一趟,因为昨天晚上,我们大王梦见吃你的肉了。"白象王听到后,吓得直流眼泪。它只好告别妻子、孩子和象群,跟着雕群就出发了。

它们走到半路,遇到一只兔子。兔子问道:"象兄,你这是去哪儿? 怎么走得这样匆忙,还一边走一边流泪?"白象王答道:"啊! 兔子判官! 雕王做梦要吃我的肉,现在我正往它家去呢!"兔子说:"哎呀! 你这么大的个头儿,干吗甘愿到雕王那里白白送死呢! 等着,我帮你躲过这一劫。"听兔子这么说,白象王很高兴,就让兔子骑在自己背上,继续往前走。

当看见白象王来到,而且背上还骑着一只装睡着的兔子时,雕王问道:"喂,兔兄,你躺在象背上干什么? 还不快点跑开! 我们马上要吃大象的肉了。"兔子慢腾腾地回答:"等等,先别着急吃。听说雕王昨晚梦见吃大象肉了。刚才我也迷瞪了一会儿,梦里我还喜欢上您的老婆呢!"这下雕王着急了,大声说:"哟!兔兄,这你可做错梦了,我的妻子是不能给你的。"兔子说:"您说我的梦做错了,那您做梦吃大象肉也不对呀!"

兔子用智慧战胜了雕王。雕王没有吃成大象的肉。这时,大象才长长地舒了一口气,拜谢了兔子,回家去了。

秃鹫为什么秃头

你知道秃鹫为什么会是光头吗？因为它被一群动物敲打脑袋，直到头上的毛全部掉光。这里有一个故事：

起初，体型巨大的鹫到野外觅食，由于年老眼花，看不清地上的小动物。它走着走着，无意中踩死了一只生活在芦苇荡里的小鹌鹑。鹌鹑的妈妈很愤怒，却不知该怎么办，因为自己身体矮小，无法与高大的鹫较量。这只疼爱孩子的鹌鹑妈妈一边伤心，一边去找诚实、善良、主持公道的动物帮助自己。

这时，它遇到一只蟾蜍。蟾蜍就问："喂，鹌鹑大姐，你这是去哪儿呀？"鹌鹑听到蟾蜍跟自己打招呼，心里感到很温暖，就把小鹌鹑被踩死的事情告诉了蟾蜍。于是，蟾蜍立即把鹫找来问话："你为什么踩死鹌鹑？"鹫回答道："我看到鹭鸶抽出剑，以为有敌人来袭击，我就急急忙忙地跑，不小心踩死了小鹌鹑。"

蟾蜍又去找鹭鸶问话："你为什么拔剑，以至于吓得鹫匆忙逃跑，还踩死了一只小鹌鹑？"鹭鸶回答说："因为我们看到一大群鸬鹬飞过来,还听见它们敲鼓的声音,以为有灾难降临,不得以才严阵以待。"

蟾蜍接着去问鸺鹠:"你们为什么敲鼓惊动大家?"鸺鹠回答:"我们看见一群鹈鹕列队游过来,以为发生什么事呢,所以敲鼓通知大家。"蟾蜍又去问鹈鹕,鹈鹕回答说:"照平时,我们是生活在陆地上的,但是,当时我们之所以列队游过去,是因为看见鹭身上背着包袱走过来,以为又有什么事情要发生了。"

上述这些动物都围在蟾蜍身边。这时,大家才恍然大悟,原来鹭就是罪魁祸首啊!蟾蜍征求大家的意见,怎样来惩罚鹭?大家都说:"我们应该团结起来,揍它一顿,让它今后不再欺负我们。"说罢,大家蜂拥而上,打得鹭狼狈不堪,头上的毛都掉光了。直到现在,鹭就成了秃鹭了。

柬埔寨新年的来历

柬埔寨新年是柬埔寨人民一年之中最隆重的节日。关于这个节日,民间流传着这样一个神话故事:

很久以前,有个财主家的儿子,名叫托玛巴尔。托玛巴尔从小喜欢念书,熟读三吠陀,并懂得各种鸟类的语言。一天,戈比尔大婆罗门神从仙界下凡,向托玛巴尔提出三个谜语让他猜。如果托玛巴尔在约定的时间内猜不出,就要被砍头;如果猜中了,戈比尔大婆罗门神就将砍下自己的头,献给托玛巴尔。

时间一天天过去了,托玛巴尔冥思苦想怎么也想不出答案。就要到规定的期限了,他想,这次自己必死无疑,便趁着夜色逃到一棵糖棕树下躲起来。碰巧,树上有个老鹰窝,住着一对老鹰。它们在树上对话。雌鹰问:"明天我们吃什么?"雄鹰答道:"明天可以吃托玛巴尔的肉,因为他猜不中戈比尔大婆罗门神提出的三个谜语,就要被砍头了。"雌鹰又问:"猜什么谜语呀?"雄鹰说:"那三个谜语是,早上祥光在哪里? 谜底是在脸上,因此人们早上要洗脸。中午祥光在哪里？谜底是在胸部,因此人们要擦身、洗胸脯。晚上祥光在哪里？谜底是在脚上,因此人们晚上要洗脚。"这对老鹰的对话被躲在树下的托玛巴尔听得真真切切、清清楚楚。他无意中得到了答案,感到喜出望外,就胸有成竹地回家了。第二天早上,他按照老鹰的话向戈比尔大婆罗门神揭示了谜底。这次打赌,托玛巴尔赢了。

戈比尔大婆罗门神在兑现自己的诺言之前,把他的七个女儿叫到跟前,对她们说:"我就要把头砍下来献给托玛巴尔了。但是,如果把我的头放在地上,大地就会烧成一片焦土;如果扔进大海,大海就会彻底干涸;如果抛向天空,就会久旱无雨。为了不给人世间带来灾难,就请你们用盘子托着我的头吧!"说完,便砍下自己的头,由大女儿托着按顺时针方向环绕须弥山一圈,然后供奉在吉罗婆山的香花洞里。此后,每年公历四月中旬,七位仙女便轮流托着她们父亲的头环绕须弥山转一圈。这就是柬埔寨新年的开始。传说柬埔寨新年前夕的迎仙仪式,就是迎接戈比尔大婆罗门神的女儿下凡,祈求给人们带来吉祥幸福。

堆谷山的来历

每年佛历四五月份，柬埔寨民间都要举行堆谷山仪式。村民们将自己收割的谷子分送一些给附近的寺庙，堆放在一起，以供养僧侣。一般仪式要举行三天，住持让庙中众僧将谷子存放于寺院的粮仓，仪式便告结束。柬埔寨民间流传着一个有关堆谷山仪式来历的故事：

从前，在一个村子里，住着一个名叫嘎洛克的小伙和一个名叫妮努的姑娘，他们从小就在一起玩耍。有一天，他们两人在谈到对未来的愿望时，嘎洛克说："我要娶一个尊敬我、服从我的姑娘为妻，如果我去河边洗澡，她就应该将水布送到河边、递到我手上。"妮努姑娘也说："我也是这样想的。我要嫁给一个服侍周到的男子做丈夫。"当他们到了谈婚论嫁的年龄时，这对青梅竹马的青年就结为了夫妻。

一天，夫妻俩去河边洗澡。在准备回家时，妮努故意忘记拿走水布，留在河边。嘎洛克看见了，大声提醒妻子说："别忘掉把水布

拿回家。"妻子回答说："你帮我带回家吧！"嘎洛克只好拿着妻子的水布回家。晚上睡觉时，妻子得意地嘲笑丈夫说："你还没忘记我们小时在一起玩时说的话吧？我要嫁的丈夫就得服侍我。我洗澡时，他得替我拿水布。今天你这样做，正合我意。"丈夫听后，心中感到羞愧，心想我不该输给妻子。半夜时分，嘎洛克悄悄起身，偷乘一条船，连夜离家出走。第二天早上，他来到辉商国王统治下的国家。当听说有一条船停靠在自己的地盘，这位国王十分高兴，下令设宴款待这位船主，还挽留船主逗留几天。在辉商国王宴请船主时，就吩咐仆人拿一只金乌龟藏在船上。

三天后，嘎洛克拜别国王，准备起程离开这个国家时，国王突然对他大声喊道："喂，我们如此招待你，还留你住了三天，你却起歹心偷我的国宝。你先别忙离开，让我们先搜查你的船再说。"嘎洛克不知辉商国王耍了阴谋，便回答道："那好，你派人来搜吧！如果在我的船上真的搜到你的国宝，我愿意为你效劳，并将船和所载物品全都归你。"国王立即派人去搜船，果然找出那只金乌龟。就这样，嘎洛克无话可说，只好兑现承诺，连人带物都归国王所有。

话说妮努早上醒来不见丈夫，便托人四处去找，发现自家少了一条船。她想，丈夫一定是因为昨天的一句玩笑话而离家出走，就带上远行物品和心爱的八哥开船去找丈夫。当来到辉商国王这个国家时，她认出码头上停靠的一条船就是丈夫开出来的，便四下查看，没有见到嘎洛克，因为他被国王派到远处干活去了。她就把船停下来,再做打算。

狡诈的辉商国王见又一条载满物品的船来了,便故伎重演,但是未料到,待在帆船桅杆上的一只八哥看到事情的全过程。当妮努赴宴回到船上时,八哥把国王派人藏金乌龟的事原原本本地告诉了主人。妮努让手下的人把金乌龟捆好,藏在水中。在此观察了几天,妮努也没看见自己的丈夫,就向国王告辞。国王又像上次一样,栽赃妮努说,她偷了辉商的东西。妮努马上回答说:"你可以派人来搜船呀!"这次国王也说:"如果你的船上没有我的东西,我情愿把国家所有的财产,连同我自己由你支配。"说罢,国王派人搜船,结果没找到金乌龟,只好认输,兑现自己的承诺。妮努却不接受国王的所有财产,只要了五条装满各种货物的船,并请求挑选一名用人。国王召集所有的用人,任妮努挑选。这时,她看见自己的丈夫衣衫褴褛地站在用人中间,几乎都认不出来了,就对国王说:"这就是我要的人。"嘎洛克被妻子解救出来后,喜出望外,并让妻子在此王国再待一个晚上。

辉商国王没有达到目的,恼羞成怒,就责问给妮努船上藏金乌龟的仆人。那仆人说:"我去船上时,没有被人发现,只见桅杆上有一只八哥。"国王下令把八哥抓来杀掉。仆人抓到八哥,先把它的羽毛全都拔光,准备腌后烤着吃。在他们去取盐时,因拔毛而昏过去的八哥醒过来了,就躲在附近的一个树洞里。嘎洛克和妮努出发时,发现八哥不见了,便让人四处寻找,最终也无下落,只好开船回去了。

话说躲在树洞里的八哥,深夜看见一只白鼠王出来觅食。八哥请求鼠王帮自己挖一个洞暂时住下来,等羽毛长出来后一定报答鼠王的救命之恩。白鼠王欣然同意了。一个月后,八哥的羽毛丰满如初。它对白鼠王说:"请你再打一个通往寺庙的洞,并在佛堂里佛像的嘴巴边留出一个能传声的小孔。"鼠王又照办了。八哥在洞里见有一位沙弥来佛堂诵经,就模仿佛的声音说:"喂,沙弥,你诵经有完没完?干吗不去告诉住持让人们集合起来,举行堆谷仪式?"

沙弥听到佛的话,十分敬畏,连忙跑去告诉住持。住持赶到佛堂,果然听到佛的声音,便擂鼓召集村民们举行为时七天的堆谷仪式。村民们各家都送来稻谷、糕点和水果等食品,热热闹闹地到寺庙参加堆谷仪式。

八哥见事情已办成,就去对白鼠王说:"你可以带着你的伙伴把这些食品运回去储存起来,以备日后享用。现在,我也该向你辞别,去找我的主人了。"